Christian Lübke
Ihr & Ich
Raus aus dem Abseits

Zweite, überarbeitete und aktualisierte Auflage

Ein Jugendroman zum Mutmachen

AF222229

Christian Lübke

Ihr & Ich

Raus aus dem Abseits

Jugendroman

Mein Dank gilt an dieser Stelle allen Freunden, Bekannten, Verwandten, Kolleginnen und Kollegen sowie Jugendlichen, die mein Buch seit dem ersten Tag an begleitet haben. Ich wurde viel verbessert, aber auch gelobt und motiviert.

Ohne eure Mithilfe wäre dies alles nicht möglich gewesen. Vor allem auch einen riesigen Dank an meine Frau, die mich bei der Gestaltung des Covers großartig unterstützt hat.

Viel Spaß beim Lesen!

Bibliografische Information der
Deutschen Nationalbibliothek:
Die Deutsche Nationalbibliothek verzeichnet diese
Publikation in der Deutschen Nationalbibliografie;
detaillierte bibliografische Daten sind im Internet
über http://dnb.dnb.de abrufbar.

Die automatisierte Analyse des Werkes, um daraus
Informationen insbesondere über Muster, Trends und
Korrelationen gemäß §44b UrhG („Text und Data Mining")
zu gewinnen, ist untersagt.

© 2023 Christian Lübke

Zweite, überarbeitete und aktualisierte Auflage (2025)

Coverdesign: Nina Lübke

Lektorat: Alina Schunk / Literally Lektorat

Verlag:
BoD · Books on Demand GmbH, Überseering 33,
22297 Hamburg, bod@bod.de
Druck:
Libri Plureos GmbH, Friedensallee 273, 22763 Hamburg

ISBN: 978-3-7583-1465-0

Alle Figuren in diesem Buch sind frei erfunden und haben keinen Bezug zur Realität. Sollte jemand Ähnlichkeiten bei sich selbst oder anderen Personen erkennen, so ist dies reiner Zufall.

Sollte man jedoch die Handlung nutzen, um an seinem Verhalten oder an seiner Sicht auf die Welt etwas Positives zu verändern, so ist dies ausdrücklich gewollt.

Vorwort

Liebe Leserinnen und Leser,
danke, dass ihr euch für dieses Buch entschieden habt. Es handelt sich hier um eine fiktive Geschichte, weshalb auch keine Ortsnamen genannt werden. Solche passieren jederzeit und überall. Egal, ob in der Schule, in der Familie oder im Beruf. Man stößt an Grenzen, die auf den ersten Blick unüberwindbar scheinen. Mauern, die zu hoch sind, um über sie hinwegzublicken. Doch das stimmt nicht! Es gibt keine Lebenssituation, die sich nicht ändern lässt. Das uralte Sprichwort „Jeder ist seines eigenen Glückes Schmied" passt zu jeder Lebenslage. Niemand kann in euren Kopf schauen. Wie könnt ihr Hilfe erwarten, wenn ihr euch niemandem mitteilt, euch niemandem öffnet? Ohne Vertrauen können Menschen nicht existieren.

Ihr werdet im folgenden Buch die Geschichte von Lena kennenlernen. Sie ist ein junges Mädchen, das in ihrem Leben gefangen ist. Sie sieht keinen Ausweg. Nur durch die Hilfe ihrer Eltern, die eine Idee haben, die auf den ersten Blick überhaupt nicht fair ist, kann sie diesen Teufelskreis irgendwie durchbrechen. Zumindest versucht sie es. Ob es ihr gelingt, müsst ihr selbst herausfinden. Auf den ersten Blick mag euch die Geschichte und vor allem der Ausschnitt sehr kurz vorkommen. Das ist jedoch so gewollt. Ihr

*sollt erkennen, dass es keine Jahre benö-
tigt, um Dinge zu ändern. Dass man nur
mal nach links und rechts schauen muss,
um eine Abzweigung vom alten Weg zu
finden. Dieses Buch richtet sich dabei
nicht nur an Kinder und Jugendliche. Jeder Mensch, egal in welchem Alter, stößt
im Leben an Grenzen. Die Frage ist nur,
ob man stehenbleibt, umdreht oder sie
überwindet. Ist das Hindernis zu hoch,
schafft man es nicht allein. Hat man aber
andere Menschen, die einem eine Räuber-
leiter geben können, so ist eine zunächst
riesige Mauer gar nicht mehr so groß, wie
man anfangs gedacht hatte.*

*Und jetzt lehnt euch zurück, taucht ein in
einen ganz eigenen Kosmos, den vor allem die Erwachsenen schon lange vergess-
sen haben könnten. Den Kosmos der Ju-
gend, der Schule und der Probleme, die
für uns, die diesen Ort nicht mehr besu-
chen müssen, scheinbar so klein und un-
bedeutend sind. Dabei ist wahre Größe
nicht für das Auge sichtbar und wahre
Probleme schon gar nicht.*

1

Montag, nicht schon wieder! Wieso gibt es diesen Tag überhaupt? Gibt es keine andere Möglichkeit, in eine Woche zu starten? Kann man den Montag nicht einfach ausfallen lassen? Aber nein, dann wäre der Dienstag ja eben der Montag … keine Chance. Lena fixierte ihre Zimmerdecke. Kurz zuvor hatte sie ihren Wecker ein drittes Mal ausgeschaltet und war wieder eingedöst. Sie zog die Decke erneut bis zum Kinn hoch und überlegte.

Kopfschmerzen? Nein, das hatte ich erst letzte Woche. Meine Tage? Nein, auch das passt zeitlich nicht. Unterleibsschmerzen oder Übelkeit? Nein, dann behauptet wieder jemand, ich wäre schwanger …Durchfall! Das ist so peinlich, das denkt sich doch niemand aus.

Lena war kurzzeitig beruhigt und drehte sich nochmals zur Seite. Starrte die Wand an und überlegte weiter.

Da kann niemand was feststellen. Ich muss zwar zum Arzt, aber was soll der bitte machen? Er wird mich ja wohl kaum in seiner Praxis aufs Klo setzen. Innerlich musste sie kurz lachen. „Attestpflicht" nannte man das in der Schule. Also jedes Mal, wenn sie krank war oder eben nur so tat, musste sie ihren Hausarzt, Herrn Meier, aufsuchen und dort ganz wie in Hollywood ihr Schauspiel abziehen. Das störte sie aber nicht. Herr Meier war schon sehr alt und gut mit ihrer Familie befreundet. Schon ihre Mutter und ihr Vater waren seit deren Kindheit bei ihm in Behandlung. Außerdem kannte er ihre Situation. Er würde sich niemals weigern, ihr ein Attest auszustellen. Warum auch? Er war kurz vor der Rente, wollte keinen Stress und bekam immerhin Geld dafür. Eine Win-win-Situation für alle. Dachte Lena zumindest. Dass es nicht korrekt war, war ihr natürlich bewusst. Mit 15 ist man ja schon praktisch erwachsen, allerdings war ihr das egal. Niemand kannte ihre wahren Probleme und sie würde peinlich genau darauf aufpassen, dass das auch so bliebe. Darüber wollte sie jetzt aber im Moment nicht nachdenken. Der Plan stand!

Jetzt schön die Augen zusammendrücken und anstrengen. Dann werde ich schön rot und schwitze sogar ein bisschen. Da wird sich Mama schon Sorgen machen und mich sofort zu Doktor Meier bringen. Mal schauen, ob ich vielleicht drei Tage rausschlagen kann. Das wäre ein Traum.

Großartige Diskussionen gab es sowieso nie. Ihr Vater war längst unterwegs zu seinem Job auf der Baustelle und ihre Mutter hatte gerade genug Zeit, um sie in die Schule zu fahren. Danach ging es direkt weiter zu ihrer Schicht in die Bäckerei im Supermarkt neben der Schule. Lena gehörte zu den Kindern, deren Eltern sie am liebsten mit dem Auto ins Klassenzimmer fahren würden, sich dann neben sie in den Unterricht setzen würden, um ihre Lehrer sofort zu korrigieren, falls diese Lena nicht rechtgeben würden. In der Pause dann einen Salat und ein stilles Wasser für das arme Kind kaufen und nach dem Unterricht sofort ins Auto und wieder nach Hause. So konnte nichts passieren. So war das Kind sicher. „Helikoptereltern? So ein Quatsch, nur weil ich mich um mein Kind sorge. Außerdem machen viele andere das auch." Diesen Spruch hörte Lena seit etlichen Jahren. Sie hatte aufgehört zu zählen und versuchte auch nicht mehr, ihre Mutter zu überzeugen, sie doch einfach mit dem Bus fahren oder laufen zu lassen. So hätte sie vielleicht mehr Kontakt zu den anderen Kindern haben können und alles wäre anders gelaufen. Aber wie gesagt, darüber wollte Lena gerade nicht nachdenken.

Die Tränen kamen jetzt allerdings von ganz alleine und damit auch der rote Kopf und die Schweißausbrüche.

„Mama! Mama, kommst du mal bitte?" Lena versuchte, mit Absicht sehr schwach und krank zu klingen. Schneller, als sie „Durchfall" sagen konnte, knallte die Tür auf und ihre Mutter stand direkt vor ihr. Ihr Blick war wie immer. Eine Mischung aus Verzweiflung, Sorge und wahrscheinlich auch ein bisschen Wut. Lena kümmerte dies nicht.

„Was ist denn, meine Kleine? Geht es dir nicht gut?" Lena bemerkte, dass die

Sorge diesmal wirklich etwas gespielt war und der Ärger doch überwog.

„Mama, ich war die ganze Nacht auf der Toilette. Ich habe Durchfall und Bauchschmerzen. Bitte, darf ich zu Doktor Meier? Er muss mir helfen." „Ich glaube, wir benötigen langsam einen anderen Arzt, der dir auf andere Art und Weise helfen kann." Lena schaute ihre Mama an, die sofort bemerkte, was sie da gesagt hatte, und beschämt nach Ausreden suchte. „Ich meinte natürlich einen Arzt, der dir gegen deine Schmerzen hilft. Sonst nichts!"

Lena wusste genau, was das eben wieder zu bedeuten hatte. Nicht schon wieder die Idee mit dem Psychologen. Sie hatte das Gefühl, nur von Ignoranten umgeben zu sein, die ihre Probleme einfach nicht verstanden. Aber nicht jetzt! Es musste schnell geklärt werden. Die Schule erwartete den Anruf der Eltern spätestens 30 Minuten vor Unterrichtsbeginn, sonst würde es wieder Ärger geben.

„Bitte Mama. Diesmal ist es echt schlimm. Ich gehe dann auch wieder regelmäßig in die Schule. Versprochen!"

Ihre Mutter dachte kurz nach und seufzte. Lena war erleichtert. Sie kannte diese Prozedur bereits auswendig. Ein kurzes pädagogisches Aufbegehren, dann die schnelle Kapitulation aufgrund von Sorge und Zeitnot.

„Okay. Aber bitte lass dich nur so lange krankschreiben, wie es auch wirklich notwendig ist. Du verpasst einfach zu viel. Denk an dein Zeugnis und an deinen Schulabschluss. Der ist doch bald. Aber jetzt werde erst einmal wieder gesund, mein Schatz." Sie drehte sich um und ging zur Tür hinaus. „Ich rufe dich an, sobald Herr Meier mir einen Termin gegeben hat."

Jackpot! Jetzt noch ne Runde pennen und dann vielleicht etwas zocken und chillen. Der Tag ist gerettet. Lena drehte sich zufrieden um, schloss die Augen und schlief kurz darauf ein.

2

Diesmal wurde Lena nicht von ihrem Wecker erschreckt. Sie freute sich beinahe auf den Arzttermin, da er ihr ja weitere freie Schultage bescheren würde. Es würde nicht lange dauern. Daher rein in die Klamotten, schnell Zähne putzen und los. Die Praxis von Herrn Dr. Meier befand sich in einem großen Ärztezentrum, welches nur fünf Minuten zu Fuß entfernt lag. Von ihrem Balkon aus konnte Lena es immer sehen. Wie eine Art Brückenpfeiler hob es sich von den anderen wesentlich kleineren Häusern ihres Wohnviertels ab. Lena lebte am Stadtrand. Es gab einen Supermarkt, einen Spielplatz, einen kleinen Park. Eben alles, was man so als Teenager benötigte. Zumindest die meisten. Hier lebten eher die Menschen, die der unteren Mittelschicht angehörten. Auch viele Mitschüler von Lena. Man konnte sich eine kleine Mietwohnung, einen Urlaub im Jahr, ein oder zwei bescheidene Kleinwagen und das Nötigste für den normalen Alltag leisten. Große Sprünge waren nicht möglich. Lena schaute auf ihr Handy, während sie die Haustür zuzog. Vor lauter Kratzern und einem fetten Sprung im Display konnte sie kaum etwas erkennen. *Diese alte Gurke. Ich sollte es verlieren, vielleicht kauft Papa mir dann endlich ein neues.* Bei diesen Sorgen, die sich Lenas Mutter immer machte, würden sie sie

14

niemals ohne Mobiltelefon aus dem Haus lassen. Leider war ihr aber sofort klar, dass es dann eben wieder ein gebrauchtes Modell aus irgendwelchen Kleinanzeigen geben würde. Einerseits war Lena alt genug, das auch einzusehen. Andererseits war das Gesetz des Schulhofs hart und ein neues Smartphone war wie eine Eintrittskarte in ein besseres Leben. Zwar legte man auch Wert auf Klamotten und Schuhe, aber das heilige Handy war der Schlüssel. Das Markenzeichen für Geld und Wohlstand, ja sogar für den Charakter, den ja noch niemand kannte, wenn man sich das erste Mal traf. *Meine Armut kotzt mich an! Warum bin ich in diese Familie geboren worden? Warum nicht wie zum Beispiel Maria in die Millionärsfamilie in der Villengegend der Stadt?*

Keine Zeit, über ihre Mitschüler nachzudenken. Lena schaute auf die Uhr. Sie musste noch drei Minuten gehen, es war aber bereits zwei Minuten vor 9:00 Uhr. Termine bekamen sie immer recht schnell. Reingehen, kurz schauspielern und dann samt Attest wieder nach Hause. *Easy!* Diesmal hatte Lena aber ein komisches Gefühl. *Ging es heute früh zu einfach?* Ihre Mutter gab immer nach, doch so wenig Gegenwehr hatte sie selten erlebt. Wahrscheinlich lag es daran, dass ihre Mutter schon spät dran war und sich sinnlose Diskussionen ersparen wollte. Bevor Lena um die Ecke bog, stand sie vor dem riesigen Werbeschild des Ärztezentrums. Es gab einen Zahnarzt, den Hausarzt Dr. Meier, eine Augenärztin und sogar eine Psychologin namens „Dr. Martina Wünsch". Obwohl sie noch nie bei einem Psychologen gewesen war, hasste Lena diese Ärzte. Zu oft war ihr seitens der Schule ein Besuch dort empfohlen worden. Vor ein paar Wochen fingen nun auch ihre Eltern damit an. *Die paar Fehlstunden ... Was soll das? Als ob ich psychische Probleme hätte.* Lena konnte es nicht fassen und begann schon wieder, sich innerlich aufzuregen. *Was geht das vor allem die Schule an? Ich bin da Kundin. Meine Eltern zahlen Steuern und Materialgeld. Die Lehrerinnen und Lehrer bekommen ihr Gehalt praktisch von mir. Ich bin ihr Chef und kann machen, was ich will. Was für traurige Idioten!* Lena musste grinsen.

Schulabschluss? Den schafft an meiner Schule sowieso jeder ohne Probleme. Und was danach kommt, ist mir doch erstmal egal. Als hätte jeder Jugendliche bereits einen festen Plan fürs Leben. Und jetzt konzentrieren, die Show beginnt gleich.

Lena kam vor dem Haupteingang an und bekam den Schock ihres Lebens. Sie schloss die Augen kurz und machte sie langsam wieder auf. Eindeutig! Keine Einbildung! Direkt neben den Ärzteparkplätzen stand der Wagen ihres Vaters. Diesen armseligen Schlitten erkannte Lena auf mehrere Kilometer Entfernung.

Der Lack nur noch matt erkennbar, überall Dreck und Kratzer. Alufelgen? Fehlanzeige! Lena konzentrierte sich und starrte auf das Kennzeichen. Auch das stimmte. Keine Verwechslung möglich. *Was will der hier?*

Sie überlegte kurz und suchte für sich selbst eine Erklärung, die sie beruhigen sollte. *Na klar, der ist selbst beim Arzt. Ist doch logisch. Gestern hatte er noch gehustet und sich über den Staub in seinen Lungen beschwert, den er täglich tonnenweise auf der Baustelle inhalierte.*

Dass der Husten, der Schleim und das laute Stöhnen bei jeglicher körperlichen Belastung von den zwei Päckchen Zigaretten kommen könnten, die er täglich rauchte, kam weder ihm noch ihrer Mutter in den Sinn. Immer, wenn sie ihn damit konfrontierte, wich er aus und betonte nahezu predigend, dass man doch auch Freude im Leben haben müsse und wo er denn hinkäme, wenn er sich nun auch noch das Rauchen verbieten lassen würde. Schließlich trinke er ja kaum und immerhin hätte jeder Mensch ein Laster, was ihn schließlich umbrächte. *Kaum trinken.* Lena hatte keine Ahnung, ob drei bis vier Flaschen Bier am Abend wenig waren. Sie trank nicht. Alkohol schmeckte ihr nicht. Außerdem war er zu teuer. Egal, sie hatte ihre Erklärung, war beruhigt und ging leicht gebückt in den großen, mit bunten Blumen verzierten Eingang hinein.

3

„Lena, mein Schätzchen! Komm rein!"
Doktor Meier hatte wie immer sein güti-
ges Lächeln aufgesetzt und erinnerte sie
irgendwie an den Papst. Er konnte niemandem etwas Böses tun. In ihren Händen war er wie Wachs und sie konnte sicher sein, dass sie jedes Mal mit einem
Attest und guten Genesungswünschen
nach Hause gehen würde. Warum sollte
es heute anders sein?
„Na, was fehlt dir denn diesmal?" Er
schaute über seine dicke braune Horn-
brille und legte die Hände gefaltet auf
seinen Schreibtisch. Lena schaute sich
kurz um. Das kleine Zimmer war für Kinder gestaltet. Es gab eine Tapete mit ge-
malten Tieren darauf, bunte Möbel, ein
paar Süßigkeiten. Was Lena hier sollte
und warum sie nicht in einem Zimmer
für Erwachsene sitzen durfte, fragte sie
sich jedes Mal.
Egal, die Show beginnt. Sie legte wie gewohnt los, erzählte von der schlimmen
Nacht, von Bauchkrämpfen, von Durchfall, von Schmerzen im Unterleib und
von dem Gefühl, sich ständig übergeben
zu müssen. Lena war Vollprofi. Sie
sprach nur von einem „Gefühl". Sicherlich wäre es noch besser, wenn sie nicht
so übertreiben würde. Nach gefühlten
zehn Sekunden war sie fertig und
schaute mitleidig zu Dr. Meier.

Dieser saß unverändert da. *Lebt der noch? Er scheint zu atmen. Gott sei Dank!* „Okay. Lena. Lass mich dich kurz abtasten und dann schauen wir weiter."

Lena war es gewohnt. Es machte ihr nichts aus, nicht bei Dr. Meier. Er drückte auf ihrem Bauch herum, hörte sie ab und schaute in ihren Hals. Natürlich gab sie ein paar leise, aber doch schmerzerfüllte Geräusche von sich.

Mein Gott, bin ich heute gut. Das wäre der Oscar. Kurze Zeit später war er fertig und fing an, wortlos etwas auf seinem Computer zu schreiben. Lena hasste diese Prozedur. Der Monitor war bewusst so gestellt, dass nur der Arzt ihn sehen konnte. Je mehr er tippte, desto unwohler fühlte man sich. Sie kannte das ja alles. Dennoch kam es ihr diesmal länger vor als sonst. „Ist alles in Ordnung, Herr Dr. Meier?"

„Du musst dir keine Sorgen machen. Ich möchte nur alles genau erfassen, da du ja öfter bei mir bist. Da soll schon alles exakt dokumentiert sein." Er tippte weiter. Gefühlte drei Stunden später sah er zu seinem Drucker. Das war der Teil des Besuches, den Lena am besten fand. Das Gerät würde nun ihr Attest, also ihre Freikarte für drei Tage Urlaub, ausspucken. Meistens kam noch ein Rezept für irgendwelche Medikamente, welches Lena aber immer sofort entsorgte. Ihr fehlte ja nichts. Kerngesund.

Körperlich und in der Birne. Warum sollte sie dann Tabletten nehmen?

Diesmal kam kein Rezept. Lena war froh. Normalerweise konnte sie nun gehen. Die Schulbefreiung erkannte sie schon an der Farbe. *Jetzt her damit und los!*

„Natürlich schreibe ich dich krank, Lena. Du scheinst eine stressbedingte Magenverstimmung zu haben. Nichts Ernstes. Ich würde dich dennoch bitten, kurz hier zu warten. Ich möchte noch etwas holen."

Lena traute ihren Ohren nicht. *Etwas holen? Was soll das nun bedeuten?* Er stand wortlos auf und verließ den Raum. Er blickte ihr nicht in die Augen. Das war ungewöhnlich. *Schämt er sich? Hat er was geplant?*

Und wieder beruhigte Lena sich damit, dass er wahrscheinlich jetzt ein Rezept holen würde. Manchmal kam dies aus dem Drucker an der Anmeldung. Kein Grund zur Sorge. Das Attest lag bereits vor ihr, die Diagnose war gestellt. Was sollte jetzt noch passieren?

Lena hörte Schritte und die Tür ging auf. Sie wäre am liebsten aus dem Fenster gesprungen. Die Zeit blieb stehen und Lena dachte, ihren Herzschlag bis in den Kopf zu spüren. Wieder schloss sie die Augen, wartete kurz und öffnete sie erwartungsvoll wieder. *Verdammt!* Vor ihr standen Dr. Meier, ihre Mutter und ihr Vater sowie eine ältere Frau in weißem Kittel und mit weißen Schuhen an ihren schmalen

Füßen. Sie war die Einzige, die Lena neugierig anschaute. Alle anderen blickten betreten auf den Boden. Lena war geschockt. Was sollte das? Wer war die Frau?

Lena nahm sich Zeit und musterte sie genau. Graue Haare zu einem Dutt gebunden. Grüne Augen hinter einer Brille mit schmalem Gestell, die leuchteten und sehr eindringlich waren. Fast wie eine Art Röntgenblick. Sie war braun gebrannt und sah wirklich nett aus. Lena schätzte sie auf Ende 50. Als sie mit ihrem Blick weiter nach unten wanderte, blieb sie an dem Namensschild der Frau hängen, das alle Mitarbeiter des Zentrums trugen.

Dr. Martina Wünsch ... Lena überlegte. Wo hatte sie diesen Namen schon mal gelesen? Es dauerte nicht lange, bis der zweite Schock einsetzte. Das war ein weiterer Name, der auf der großen Tafel vor dem Eingang stand. Das war die Psychologin. Genauer gesagt, die „Kinder- und Jugendtherapeutin", wie es auf dem Schild abgedruckt war.

Lena konnte es nicht fassen. War das eine Falle gewesen? Was hatten ihre Eltern damit zu tun? Was Dr. Meier? Erneut verging eine Ewigkeit, bis sie reagieren konnte. Sie wollte sich aufregen, ihre Eltern zur Rede stellen. Dr. Meier anschreien und die Ärztin aus dem Raum werfen.

„Mama?" Das war das einzige Wort, was ihr fragend über die Lippen kam. Noch immer schaute ihr niemand wirklich ins Gesicht.

„Lena, ich bin Frau Dr. Martina Wünsch. Keine Panik. Dich hat hier niemand reingelegt. Niemand möchte dir schaden. Deine Eltern und dein Arzt machen sich sehr große Sorgen um dich und wir möchten dir alle zusammen helfen. Hast du Lust, dich kurz mit mir zu unterhalten? Ganz ohne die anderen?"

Lena wusste nicht, was sie erwidern sollte, und war immer noch sprachlos.

Nun fing ihr Vater an zu sprechen.

„Meine Kleine, es tut uns sehr leid, aber wir hatten Angst, dass du nicht mitkommen würdest, wenn wir es dir vorher sagen. Du hast es doch immer verweigert. Sei uns nicht böse."

Mieser Heuchler. Das zahle ich dir heim.

Lena hatte sich wieder gefasst und überlegte, wie sie die Situation verlassen könnte, ohne sich mit der Ärztin unterhalten zu müssen.

„Mir geht es nicht gut. Ich muss ins Bett. Fragen Sie Herrn Dr. Meier." Dieser schaute sie nun ernst an und schüttelte langsam den Kopf. „Lena, dir fehlt körperlich nichts. Du bist kerngesund. Deine Probleme kommen woanders her und das wollen wir ab heute angehen. Sei dankbar."

Dankbar sein .... für Hochverrat? Für die Tatsache, von meinen Eltern und meinem

Arzt hintergangen worden zu sein? Okay, spielen wir weiter. Auch Frau Dr. Wünsch wird irgendwie zu knacken sein.

Lena stand wortlos auf und verließ mit der Psychologin den Raum. Sie vermied es bewusst, die anderen anzuschauen. Strafe muss eben sein. Sie würde ihnen schon zeigen, dass man so etwas nicht macht.

Ein kurzes Gespräch, ein bisschen Schauspiel. Sie ist eine Frau. Sie wird mehr Verständnis haben als der alte, blinde Arzt.

Lena musste schon wieder innerlich grinsen, während sie die grauen Stufen nach unten in die Praxis von Frau Dr. Wünsch lief.

Maximal zehn Minuten, dann bin ich hier wieder raus und kann mich ins Bett legen.

4

Wie eine Maus aus ihrem Mauseloch spähte Lena vorsichtig, aber auch neugierig zur Tür der unbekannten Räumlichkeiten hinein. Sie staunte nicht schlecht. Im Gegensatz zur etwas angestaubten und nicht mehr wirklich zeitgemäßen Praxis von Dr. Meier war bereits der Eingangsbereich samt Rezeption sehr geschmackvoll. Der helle Holzboden harmonierte perfekt mit den cremefarbenen Wänden und den dezenten Bildern an der Wand, die alle Natur als Thema zu haben schienen. In den Ecken standen grüne Pflanzen und sogar ein Wasserspender.

Lena hatte sich eine Psychologenpraxis immer ganz anders vorgestellt. Dunkel, mit alten Möbeln, wie sie bei ihrer Oma im Wohnzimmer standen und muffig rochen. So kannte man es eben aus Serien und Filmen.

„Folge mir bitte." Frau Dr. Wünsch berührte sie leicht an der Schulter und steuerte direkt das erste Zimmer im kleinen Flur an. Auch hier war es sehr angenehm. Eine große Fensterfront erleuchtete einen weißen Schreibtisch und eine hellbraune Liege, neben der ein monst
röser, bequemer Sessel in der gleichen Optik stand. Ein riesiges Regal mit zahlreichen Büchern wurde flankiert von zwei eindrucksvollen Palmen, die aussahen, als hätte man sie direkt an einem

Strand ausgegraben und per Flugpost hierher verschickt.

„Du kannst dich gerne auf das Sofa legen oder dich an meinen Tisch setzen, Lena. Ganz wie du magst. Wir wollen hier keinem Klischee entsprechen, daher stellen wir das jedem Patienten frei."

Lena setzte sich nach kurzem Zögern verlegen auf die Couch und ließ sich dann doch nach hinten sinken. Das Leder war nicht kalt, wie sie befürchtet hatte, und bescherte ihr ein Gefühl von Vertrautheit und Geborgenheit. Angst hatte sie keine mehr, nur am Tisch Platz nehmen wollte sie nicht. Zu förmlich.

„Du bist sicherlich enttäuscht und wütend auf deine Eltern und auf Herrn Dr. Meier. Vielleicht auch auf mich. Das ist okay und verständlich. Ich würde mich allerdings freuen, wenn du mir eine Chance geben würdest. Alles, was wir hier besprechen, bleibt unter uns. Weder deine Eltern noch deine Lehrkräfte erfahren etwas von mir. Genaugenommen mache ich mich sogar strafbar, wenn ich etwas verraten würde. Das nennt man ärztliche Schweigepflicht." Sie lächelte kurz, bevor sie ihre ersten Fragen stellte. „Du heißt Lena, gehst in die neunte Klasse einer Gesamtschule und bist 15 Jahre alt. Ist das korrekt?" Lena nickte. *Woher wusste sie das?*

Die Ärztin fuhr fort. „Ich habe von deinen Eltern erzählt bekommen, dass es dir oft nicht gut geht und du dich sehr oft krankmelden lässt." Lena nickte erneut.

„Nach Rücksprache mit Herrn Dr. Meier haben wir die große Sorge, dass es sich bei deinen Krankheiten nicht um körperliche, sondern eher um seelische Symptome handelt. Verstehst du, was ich meine?" „Ja, Sie meinen, ich wäre eine Psychopatin. Ich würde alles bewusst vortäuschen, weil ich keinen Bock auf Schule habe." Lena wusste genau Bescheid, aber nicht mit ihr.

„Nein, das denkt niemand und du täuschst auch nichts vor. Du hast diese Symptome wirklich, nur, dass eben keine körperlichen Ursachen zugrunde liegen. Ganz einfach. Und ich kann dir versichern, dass ich sowas täglich erlebe. Es ist nichts Schlimmes und leider auch absolut nichts Besonderes. Vielen Jugendlichen in deinem Alter geht es so und oft kann ihnen niemand helfen ... außer Menschen wie ich. Zumindest versuche ich das." Sie lächelte erneut und man konnte Lena ihr Erstaunen ansehen. „Es gibt viele Kinder mit diesen Problemen?" Lena wirkte ungläubig, aber gleichzeitig irgendwie interessiert.

„Ja, klar. Wie könnte ich mir sonst diese Praxis und meinen Porsche leisten?" Jetzt musste sie laut lachen und Lena kicherte kurz mit. *Irgendwie ganz nett, diese Frau Wünsch.* Herr Dr. Meier war auch nett, aber eben nicht so lustig und verständnisvoll.

Moment, Vorsicht! Schleimt sie sich vielleicht bei mir ein? Macht sie auf gute Freundin und reitet mich dann noch mehr rein? Ich bei einer Psychologin, das würde passen! Ein gefundenes Fressen für die Mädels aus meiner Klasse. Also Achtung!
Es war, als hätte die Ärztin ihre Gedanken gelesen. „Wie gesagt, du kannst mir vertrauen. Ich möchte dir wirklich helfen und niemand wird etwas aus unseren Gesprächen erfahren. Versprochen!"
Lena blieb skeptisch, wollte ihr aber zumindest eine Chance geben. Sie würde nicht zu viel erzählen. Nur ein bisschen, um den Eindruck zu erwecken, dass sie mitmachen würde. Mama und Papa hatten sicherlich eine Menge Geld bezahlt und das war bei deren Gehalt etwas, was Lena ihnen doch irgendwie hoch anrechnete. Wahrscheinlich hatten sie deshalb dieses Jahr auf einen Urlaub verzichtet und betont, dass man doch auch zuhause Spaß haben könne. Lena war es dann letztendlich zu verdanken, dass sie die zwei Wochen hauptsächlich in der Wohnung verbrachten, als am Badesee in der Nähe.
„Da wir heute nur eine halbe Stunde haben, würde ich vorschlagen, dass du mir zuerst von deinen Hobbys erzählst und von deinen Lieblingsfächern."
Lena überlegte kurz und war sich nun sicher, zumindest die erste Sitzung mitzumachen. Die Fragen waren okay und hier konnte sie sich nicht blamieren.

„Gut. Also, ich spiele sehr gerne mit meinem Handy. Konsolen können wir uns nicht leisten und raus gehe ich nicht so gerne. Brettspiele sind mir zu langweilig."

Die Ärztin machte sich ein paar Notizen und nickte kurz. „Was für Spiele spielst du denn am liebsten?"

„Ach, alles, was umsonst ist. Meistens muss ich sehr lange warten, da ich es mir nicht leisten kann, Geld im Spiel auszugeben, damit es schneller geht. Daher zocke ich immer mehrere Games gleichzeitig. Ich pflege gerne meine Farm, springe über Hindernisse und sammele Münzen ein oder bringe bunte Steine in eine richtige Reihenfolge. Dazu schaue ich gerne Serien oder eben alles, was so gerade läuft. Ist mir eigentlich egal was. Hauptsache, der Fernseher ist an, dann habe ich die beste Unterhaltung. Sonst habe ich keine Hobbys. Wir können uns eh nichts anderes leisten."

„Machst du keinen Sport oder würdest du nicht gerne in einem Verein mitmachen, so wie deine Freundinnen?"

Lena schüttelte den Kopf und sah auf den Boden. Sollte sie jetzt schon ehrlich sein? Sich direkt vor der fremden Ärztin demütigen? „Nee, Sport mag ich nicht. Könnten wir nicht bezahlen und Freundinnen brauche ich nicht. Ich spiele lieber allein, dann lenkt mich niemand ab."

„Okay. Verstehe."

Jetzt war Lena wirklich überrascht. *Keine Nachfrage? Keine Ermutigung oder dämliche Sprüche, dass Sport doch viel Spaß macht und dass man dort ganz einfach Freundinnen finden kann?* Wieder schien die Ärztin ihre Gedanken gelesen zu haben. „Lena, ich bin nicht dein Boss oder dein Manager. Ich höre zu, mache mir ein Bild und wir erarbeiten gemeinsam Lösungen, die dir helfen könnten. Wenn du das alles so siehst, dann nehme ich das erstmal auch so hin." Lena lächelte leicht und nickte.

„Meine Lieblingsfächer sind Mathe, Kunst und Werken. Bevor Sie fragen, ja! Das sind alles Fächer, in denen ich nicht viel reden muss. Dort bin ich ganz gut. Sonst eher nicht so." Das war nun alles sehr ehrlich und gerade so an der Grenze, die sich Lena selbst im Kopf gezogen hatte.

„Super, danke. Welches Fach magst du denn am wenigsten?"

Lena musste nicht lange nachdenken. „Deutsch! Ich hasse dieses Fach und auch meinen Lehrer. Der labert ohne Pause, interpretiert irgendeinen Müll in irgendwelche Gedichte, die tausend Jahre alt sind und die keinen interessieren. Noch dazu dieses alte Deutsch, was niemand versteht. Zumindest niemand unter 50. Was soll das überhaupt? Woher soll ich wissen, was sich ein Dichter vor 400 Jahren gedacht hat, als er ein Gedicht geschrieben hat? Keine Ahnung.

Dann lerne ich diesen Mist auswendig für eine gute Note. Was bringt mir das? Dann eine Lektüre lesen und wieder labern, labern und labern. Ich hasse es einfach!" Lena schaute kurz auf und Fr. Dr. Wünsch musste lachen. „Das kommt mir sehr bekannt vor und wird sich wohl nie ändern. Ich hasse Deutsch auch und übrigens auch Geschichte. Genauso ein Mist!" Jetzt war es völlig um Lena geschehen und sie lachte laut mit. Irgendwie war die Ärztin doch ganz cool. Welcher Erwachsene hasst schon das Fach Deutsch? Ein bisschen Vorsicht wollte Lena aber noch behalten. *Aufpassen! Nicht zu schnell vertrauen und dann wieder enttäuscht werden.*

Dr. Wünsch hatte sich beruhigt. „Letzte Frage und dann sind wir für heute bereits fertig. Wie war denn deine Zeit in der Grundschule? Hattest du dort auch schon Schwierigkeiten?"

Lena schüttelte den Kopf. „Nein, da kam ich aus dem Kindergarten mit meinen besten Freundinnen Natascha und Lisa zusammen in eine Klasse. Das war cool. Da hatte ich keine Probleme und bin sehr gerne in die Schule gegangen. Dort war aber auch noch alles viel einfacher. Lisa und Natascha sind dann am Ende der vierten Klasse beide weggezogen, weil ihre Väter zusammen einen neuen Job im Ausland angefangen haben. Mein Vater konnte da nicht mit, er ist ja nur Bauarbeiter. Irgendwie bin ich seitdem allein." Lena hatte Tränen in den Augen und starrte an die Wand gegenüber. Hatte sie diesen Abschnitt ihres früheren Lebens verdrängt? Erst jetzt wurde ihr bewusst, wie sehr ihr die damalige Zeit fehlte und wie wichtig ihr ihre Freundinnen gewesen waren. Sie hatte nur diese zwei, aber mehr brauchte sie auch nicht. Ganz unerwartet war ihre heile, kindliche Welt in sich zusammengefallen. Lena hatte plötzlich ein komisches, unbekanntes Gefühl. Noch nie hatte sie darüber gesprochen. Nie hatte sie jemand nach ihrem Befinden gefragt, ohne dabei die Antwort bereits vorwegzunehmen oder sie sofort danach mit schlauen Sprüchen belehren zu wollen. Niemals war sie von selbst auf die Idee gekommen, ihren Eltern davon zu erzählen, wie sehr sie das alles bedrückte und wie allein sie sich fühlte. Sie schaute schüchtern zu Dr. Wünsch. „Können Sie mir wirklich helfen?"

„Wie wäre es, wenn du mir diese Chance geben würdest und mir vertraust? Ich gebe mein Bestes und bisher habe ich immer einen Weg finden können. Beschreiten musst du ihn allein, aber ich kann ihn dir zeigen. Und jetzt sei deinen Eltern nicht mehr böse. Sehen wir uns nächste Woche?"

Lena nickte, stand auf und verließ die Praxis. Der Wind tat ihr gut und sie hatte seit Langem mal wieder Hoffnung, dass sich etwas in ihrem Leben ändern würde.

Wortlos stieg sie bei ihrem Vater ins Auto ein und schloss die Augen. *Ein paar Stunden können sie ruhig ein schlechtes Gewissen haben. Immerhin haben sie mich reingelegt.*
Die Fahrt ging direkt nach Hause und Lena legte sich völlig erschöpft in ihr Bett. Es war erst 11 Uhr morgens ...

5

Halb sieben. Der Wecker klingelte das erste Mal. Lena nahm ihr Handy, schaltete den Alarm aus und putzte sich weiter die Zähne. Zum ersten Mal seit Monaten war sie vor dem lästigen Klingeln ihres Smartphones aufgewacht und wollte auch nicht mehr einschlafen. Sie war ins Bad gegangen, hatte geduscht und sogar die Haare gewaschen. Ihre lange braune Mähne benötigte eigentlich viel öfter etwas Pflege, doch Lena hatte dafür einfach keine Zeit. Sagte sie zumindest immer ihren Eltern. Sie spuckte die Zahnpasta ins Waschbecken, warf einen letzten Blick in den Spiegel und zog sich ihre Klamotten an. T-Shirt und Jeans, fertig. Lena mochte keine Kleider, keine Röcke, keine Leggins mit bauchfreien Tops. Sie hatte sicherlich keine schlechte Figur, war nicht dick oder zu mager. Ähnlich wie die meisten Mädchen in ihrem Alter eben. Es war ihr nur egal. Jungs gab es an ihrer Schule sowieso nur hässliche oder kindische.

Die Zeit reichte sogar für einen Kaffee. Eine Sucht darf man ja haben. Lena rauchte nicht und trank keinen Alkohol. Sie vermisste es nicht, hatte allerdings ehrlich gesagt auch keine Gelegenheit, diese Sachen mal zu probieren. Nach der Schule ging sie direkt nach Hause, auf Partys war sie nie eingeladen.

Nach dem ersten Schluck der wässrigen, braunen Brühe, die ihr Vater jeden Morgen kochte und dann in der Küche stehen ließ, dachte Lena kurz nach. Es war Dienstag. Ihre Mutter war bereits auf dem Weg zur Bäckerei, da sie dienstags immer etwas früher anfing, um nach der Arbeit ins Fitnessstudio zu gehen. Ein bisschen Luxus, den sie sich gönnte. Lena verstand es nicht, sagte aber auch nichts dazu. Der einzige Tag, an welchem sie Lena nicht zur Schule fahren konnte. *Ich fühle mich wirklich gut. Kein Schwindel, keine Bauchschmerzen.* Nicht mal die eingebildeten, die immer ganz plötzlich auftraten, wenn sie nur an die Schule dachte. *Es kann doch nicht sein, dass der eine Termin gestern schon etwas bewirkt hat. Soll ich mich wieder hinlegen? Ein Attest habe ich ja. Nein!* Lena war entschlossen, es heute mal wieder zu versuchen. Ganz tief in ihren Gedanken wusste sie, dass sie das schon öfter angegangen war. Genauso wie heute. Voll motiviert und mit absoluter Entschlossenheit. Was soll schon passieren!?

Wenn es diesmal wirklich klappt, dann können wir die restlichen Termine absagen und doch in den Urlaub fahren. Lena hatte keine Vorstellung, wie viel eine Stunde bei der Psychologin kostete. Da aber mindestens ein Urlaub deswegen ausgefallen war, muss es wohl eine Menge sein. Im Internet wollte sie nicht nachschauen, dann wäre es Gewissheit geworden. So konnte sie sich zumindest noch einreden, dass es bestimmt nicht so viel wäre. Vielleicht übernahm auch die Krankenkasse den gesamten Aufwand. Sie wusste es einfach nicht.

Lena stürzte den letzten Schluck hinunter, schlüpfte in ihre alten Turnschuhe und schnappte sich ihren Rucksack. Kurz vor der Wohnungstür blieb sie am großen Spiegel stehen, der an der rechten Wand des Flurs hing. Sie schaute selten hinein. Eher um Dinge zu überwachen wie das Zähneputzen oder das Eincremen. Schminke nutzte sie nicht. Keine Lust!

Lena betrachtete sich von oben bis unten. *So schlecht sehe ich doch gar nicht aus. Klar, die Klamotten sind getragen und haben zwei kleine Löcher. Na und!? Meine Haare sind frisch gewaschen und auf den Schuhen ist zumindest noch ganz schwach der Name des beliebten Herstellers zu erkennen. Also, was solls?*

Die Tür schlug zu und der Schulweg begann. Eine Fahrt mit dem Bus war unnötig. Die Abkürzung durch den Park machte die Strecke erträglich. Lena mochte ihn trotzdem nicht. Man traf permanent kleinere Kinder, die gar keinen Respekt mehr vor den Größeren hatten. Man schrie umher, bewarf sich mit Steinen, prügelte und ärgerte Mitschüler. Ging man dazwischen, lief man Gefahr, selbst Opfer einer dieser verrückten

Horden zu werden. Ein oder zwei waren harmlos, mehr als drei hingegen gefährlich. Es gab genug Jugendliche in Lenas Alter, die von den „Gestörten", so nannte man die Kids der fünften und sechsten Klassen, schon vermöbelt worden waren. An Lenas Schule galt die Regel „Die Größeren kümmern sich um die Kleineren und sind vernünftig. Sie lassen sich nicht provozieren". Sowas konnte nur einem dämlichen Lehrer einfallen. Übersetzt hieß das nämlich: „Die Kleinen dürfen machen, was sie wollen. Sobald ein Größerer mal zuschlägt, egal wie sehr man ihn vorher geärgert hat, ist er dran und der Zwerg hat gewonnen". Daher bloß die Straßenseite wechseln, wenn eine Armee Gestörter wieder auftauchte und laut grölend über den Gehsteig marschierte.

Lena kannte die Kleinen nicht und auch die meisten größeren Kinder waren ihr fremd. Heute ging sie seit Langem mal wieder mit erhobenem Kopf zur Schule. Sonst schaute sie nur dann von der Straße vor ihr auf, wenn sie ein Auto hörte oder ahnte, dass bald eine Kreuzung kommen würde. Sie beobachtete und analysierte. Schräg neben ihr liefen ein Junge und ein Mädchen Hand in Hand. Achte Klasse! Lena hatte sie schon mal gesehen. Die Beiden waren bereits länger zusammen. Knutschten bei jeder Gelegenheit und nichts war ihnen peinlich. Selbst das dumme Lachen der

Mitschüler und die nervigen Sprüche der Lehrer machten ihnen nichts aus. *Irgendwie cool!*

Auf der anderen Seite ging eine Gruppe junger Mädchen. Alle perfekt angezogen. Rosa und Lila dominierten. Pferdeschwanz, bunte Spangen und natürlich jede ein Smartphone in der Hand. Lena hatte sie noch nie gesehen. Das hieß aber ja nichts. Sie redeten nicht, sondern starrten wie hirntote Zombies auf ihre Bildschirme. Es gab mal ein Jugendwort des Jahres, das dieses Phänomen beschrieb. Lena fiel es nicht ein. Da die Mädels nichts tippten, vermutete sie, dass sie irgendwelche Filmchen anschauten. Aus jedem Ohr hingen weiße Haken, die fast jeder Jugendliche zum leisen Musikhören in seinem Gehörgang spazieren trug. *Na ja, muss man sich wenigstens nicht unterhalten.* Das waren also die reichen Kinder, die schon im Alter von elf oder zwölf mit Kleidung und Accessoires im vierstelligen Bereich herumliefen und sich für Nichts und wieder Nichts feiern ließen. Die neue Generation der Mobber. Lena wandte sich ab und schaute kurz auf ihr eigenes Handy. Die Sonne, aber auch die Kratzer und der Sprung im Display machten das Ablesen der Uhrzeit nahezu unmöglich. Sie kniff die Augen zusammen. Fünfzehn Minuten hatte sie noch, die Schule war bereits zu sehen. Ein lautes Geräusch direkt hinter ihr ließ Lena herumfahren. Die Gestörten!

Zumindest eine kleine Gruppe. Sie hatten angefangen, sich mit Stöcken zu prügeln, die auf dem Gehsteig lagen. Da sie in Gedanken versunken war, hatte sie den Lärm wohl ausgeblendet. Sie sah gerade noch, wie ein großer Ast auf den kleinen Schädel hinabfuhr und dort einschlug. Lena erwartete Geschrei, Tränen und Mord. Sie traute ihren Augen nicht. Der Angegriffene lachte wie ein kleiner, fetter Frosch und versuchte wiederum, den Angreifer zu erschlagen. Dieser gackerte ebenfalls amüsiert, genau wie die fünf anderen, die ihrerseits mit Stöcken und Ästen bewaffnet waren. Nachdem das Geschrei seinen Höhepunkt erreicht hatte und Lena in einem Schwall von Dreck und Blättern kaum noch etwas erkannte, sprang sie im letzten Moment zur Seite und rettete so wahrscheinlich ihr Leben. Das Knäul aus Armen, Beinen und Holz schob sich langsam an ihr vorbei und löste sich ein paar Meter weiter auf. *Immer noch besser als diese Handy-Zombies.* Lena musste grinsen. „Die Gestörten"... der Name passte auf jeden Fall.

Bisher hatte Lena noch niemanden aus ihrer Klasse getroffen. Das große Eingangstor war nur noch eine Minute entfernt. Sie erkannte bereits die Schwaden von Zigarettenrauch und E-Zigarettendampf. Je näher man kam, desto übler roch es nach billigen Energydrinks. Knapp zwei Euro für 1,5 Liter puren

Zucker mit schädlichem Koffein, gepaart mit Farb- und Aromastoffen. Ein Giftcocktail, der direkt neben der Schule käuflich erworben werden konnte. An Kids war der Verkauf verboten. Der Schulleiter war extra im Supermarkt gewesen und hatte den Verkaufsleiter daran erinnert. Dass dieser aber seine besten Kunden nicht vergraulen würde, war verständlich. Die Lehrer interessierte es auch nicht. Was nicht innerhalb des Klassenzimmers im eigenen Unterricht geschah, war für sie nicht von Belang. Dienst nach Vorschrift. Keine Sekunde zusätzlich in die Kinder und ihre Probleme investieren. Gehalt immer gleich, keine Bezahlung nach Leistung. Alle paar Jahre eine Erhöhung, für die man noch nicht mal etwas tun musste, außer eben älter zu werden. *Selbstherrliches Pack! Haben sich noch nie um mich gekümmert.* Lena hatte sogar den Eindruck, dass es in ihrer Klasse Lehrkräfte gab, die nicht mal ihren Namen kannten. Das merkte sie daran, dass sie entweder nicht drangenommen wurde, wenn sie sich mal meldete, oder dass Lehrer sie nicht mit dem Namen ansprachen, sondern mit „Du" oder „Ja". Ein paar dieser Menschen beobachtete Lena, wie sie versuchten, sich in ihren eintönigen Spießerklamotten und Spießerledertaschen durch die Schülermassen zu quetschen. Niemand machte Platz, niemand grüßte. Selbst untereinander sagten sich die

wenigsten Lehrer „Hallo". Wieso sollten
es dann die Schüler tun?
Noch ein paar Schritte und Lena hatte
das Gebäude erreicht. Kein Zwischenfall,
kein Stress, keine Probleme, einfach
nichts. Lena war zufrieden und wollte die
Tür öffnen, als sie plötzlich etwas am
Kopf traf. Sie drehte sich langsam um,
während sie bereits eine klebrige Flüssigkeit in ihren Haaren bemerkte.

6

„Kanntest du die vier Jugendlichen?"
Lena nickte nur stumm. Es war genau
eine Woche vergangen, seit sie mit besten Vorsätzen wieder zur Schule gehen
wollte und noch vor der ersten Stunde
eine böse Überraschung erleben musste.
Seitdem war sie zu Hause geblieben, sogar den zweiten Termin bei Frau Dr.
Wünsch hatte sie abgesagt. *Keinen Bock!*
Es ändert sich ja eh nichts!
„Deine Mutter hat mir schon alles erzählt. Dennoch ist es wichtig, dass du
auch nochmal mit mir darüber sprichst."
Lena schüttelte abwesend den Kopf und
schaute aus dem Fenster. Zeit absitzen,
das war jetzt angesagt. *Nächste Woche*
wieder eine Krankmeldung holen. Genau!
„Lena, bitte. Das bringt uns nicht weiter.
Unser erstes Gespräch ist doch so gut
verlaufen und du wolltest mir vertrauen.
Wenn wir hier eine Stunde rumsitzen
und uns anschweigen, haben deine Eltern jede Menge Geld verloren."
Lena überlegte einen Augenblick. „Okay.
Die vier heißen Maria, Tamara, Tobi und
Jonas. Die beiden Mädchen gehen in
meine Klasse. Die Jungs in eine andere
Neunte. Sie mobben mich schon, seit ich
an diese Schule gekommen bin. Ich bin
zwar nicht die Einzige, die darunter leiden muss, aber bei mir macht es ihnen
wohl besonders Spaß."

„Hast du ihnen etwas getan? Sie provoziert? Sie bei Lehrern verpetzt?"

„Niemals! Ich habe in meinem Leben kaum ein Wort mit denen gewechselt. Maria ist stinkreich und die anderen drei tun zumindest so. Keine Ahnung, wie die genau wohnen oder was deren Eltern beruflich machen. Wer nicht immer das neueste Handy und Markenklamotten hat, der ist da unten durch. Schauen Sie mich an! Ich sehe doch schon aus wie ein absoluter Versager!"

„Interessant, wie genau sieht denn ein Versager aus?" Frau Dr. Wünsch sah sie herausfordernd an.

„Na, so wie ich eben. Ein kaputtes Handy, alte Klamotten, alte Schuhe. Ein Rucksack, der schon Löcher hat."

„Darüber wird definiert, wer oder was du bist? Über ein Handy? Das ist aber nicht fair."

„Jetzt tun Sie mal nicht so. War es bei Ihnen etwa anders!?" „Na ja, du hast schon recht. Bei uns ging es allerdings nicht um Handys, aber das mit den Klamotten war wahrscheinlich schon immer so."

„Wurden Sie auch gemobbt?" Lena blickte in ihr Gesicht. „Nicht wirklich. Blöde Sprüche haben mich nie interessiert. Ich habe meine Energie woanders rausgelassen und war dann zufrieden."
„Aha, wo denn?"

„Bei Schulprojekten, beim Sport, daheim beim Spielen. Es gibt so unendlich viele

Möglichkeiten. Man muss sie nur nutzen und am Ball bleiben."

„Bei einem Projekt in der Schule mache ich ganz sicher nicht mit. Das bedeutet, ich müsste mit Lehrern reden und länger in der Schule bleiben. Ich hasse diesen Laden. Zuhause spiele ich nur mit dem Handy, weil ich oft alleine bin, und auf Sport habe ich keine Lust."

„Hast du denn mal Sport versucht? Irgendwas?"

„Natürlich nicht. Ich kann ja nichts und wüsste nicht einmal, was ich mal ausprobieren könnte."

„Pass auf, Lena. Ich habe einen Vorschlag. Das mit den Schulprojekten verstehe ich. Aber hast du mal darüber nachgedacht, Fußball zu spielen?"

Lena musste kurz lachen. Witzig war die Psychologin ja, das musste sie ihr lassen. „Ich habe noch nie einen Ball angefasst, kenne keine einzige Regel, und wenn mein Vater diesen Mist im Fernsehen schaut, gehe ich immer raus. Stinklangweilig und außerdem machen das nur Jungs!"

„Wer hat dir denn diesen Schwachsinn erzählt? Frauenfußball ist momentan sehr populär. Es gibt verschiedene Ligen, gute Jugendarbeit und sogar Welt- und Europameisterschaften. Man lernt nette Mädels kennen, schließt Freundschaften, erlebt Zusammenhalt. Und das Wichtigste: Man wird topfit und hat sogar Spaß."

„Ich weiß nicht. Die lachen mich doch aus. Ich habe nicht mal Fußballschuhe und meine Eltern sind viel zu arm, um mir das alles zu kaufen." Jetzt hatte Lena ihren größten Trumpf gespielt. Das fehlende Vermögen ihrer Eltern. Dagegen sagte nie jemand etwas. War ja auch ein sehr unangenehmes Thema für so ein junges Mädchen.

„Kein Problem. Ich spiele selbst seit über 20 Jahren, lange bevor der Sport der Öffentlichkeit bekannt wurde. Ich habe einen ganz einfachen Vorschlag. Jeden Dienstagabend ist Training. Und du bist eh die Woche krankgeschrieben. Heute kommst du mal spontan mit zum Training der Jugendmannschaft. Um deine Ausrüstung kümmere ich mich. Das muss niemand wissen. Du trainierst die 90 Minuten mit. Solltest du keinen Spaß haben, dann vergessen wir das Thema, ich entschuldige mich und wir suchen nach einer anderen Lösung. In der Schule ändert es noch nichts, aber es wird dir guttun und du lernst vielleicht ein paar Freundinnen kennen. Na, was sagst du?" Dr. Wünsche streckte erwartungsvoll ihre Hand aus und lächelte.

Lena dachte kurz nach. Was hatte sie schon zu verlieren? Da sie keine Freunde hatte, konnte sie auch niemand auslachen. Soweit sie wusste, spielte niemand aus ihrem Jahrgang oder sogar aus der ganzen Schule in der Jugendmannschaft mit.

Aber Frauenfußball? Lena kannte die Vorurteile, die man diesem Sport entgegenbrachte. Na, dann erst recht!

Lena grinste und schlug ein. „Großartig, Lena. Du wirst nicht enttäuscht sein, und jetzt erzählst du mir bitte, was letzte Woche auf deinem Schulweg passiert ist. Die Stimmung dürfte nun aufgelockert sein." Sie hatte recht. Lena dachte an das Training und sie konnte es nicht glauben. Sie freute sich darauf. Daher fiel es ihr nun viel leichter, von dem Streich der Viererbande zu berichten.

„Es war nicht das erste Mal. Das machen sie öfter. Wenn sie jemanden nicht leiden können, passiert einem andauernd etwas. Gründe musst du ihnen nicht geben. Es reicht, wenn du nicht ihrem Weltbild entsprichst. Ich sagte es ja bereits. Ein altes Handy reicht da schon, um auf ihrer Abschussliste zu landen. Erst kommen dumme Sprüche, dann verschwinden Dinge und am Schluss wirst du angegriffen oder du wirst für Sachen beschuldigt, die du nicht begangen hast. Ich weiß nicht, warum es mich ausgerechnet diesmal erwischt hat. Auf jeden Fall haben sie mir eine Wasserbombe mit Ketchup an den Kopf geworfen. Die ist natürlich geplatzt und alles war ruiniert. Mein Kopf dröhnt heute noch."

„Aha, aha." Frau Dr. Wünsch nickte und schrieb dabei eifrig und ohne aufzuschauen in ihr Notizbuch.

45

„Und was hast du dann gemacht? Hast du sie verprügelt oder zur Rede gestellt? Bist du zu einer Lehrerin gegangen? Es muss doch Unmengen an Zeugen gegeben haben."

Lena musste ungläubig lachen. „Sehr witzig. Wie soll ich vier Leute verprügeln? Und zu einem Lehrer gehen? Sie sind lustig, wirklich."

„Warum denn? Ich meinte das ernst!"

„Weil es die Lehrer nicht interessiert. Anfangs war ich oft da, habe sogar geweint. Da haben sie auch noch so getan, als würden sie sich kümmern. Haben bei den Eltern der Jugendlichen angerufen, natürlich haben die alles abgestritten.

Es gab Sitzkreise, Konferenzen, Gespräche, und wissen Sie, was das alles gebracht hat? Richtig, nichts! Es wurde immer schlimmer. Irgendwann hat man mir gar nicht mehr geglaubt. Ich ging nicht mehr zu den Lehrern. Mitschüler haben nicht geholfen, weil sie entweder selbst gemobbt werden oder Angst davor haben, dass es sie dann auch erwischt. Man ist völlig auf sich allein gestellt. Die Lehrer möchten keine zusätzliche Arbeit, die Schulleitung hat sowieso nie Zeit und meine Eltern können absolut nichts machen, da es keine Zeugen gibt. Ich bin also machtlos."

„Verstehe. Bleibst du deswegen so oft zu Hause? Was machen deine Eltern denn noch dagegen?"

„Ja, deswegen bleibe ich zu Hause und weil ich den Unterricht nicht mag. Wenn ich mich melde, kommen blöde Sprüche. Also melde ich mich nicht mehr. So kommen dann schlechte Noten zustande, weil ich mich angeblich nicht mündlich beteilige, was ja auch irgendwie stimmt. Schriftlich bin ich auch keine Leuchte, weswegen ich das alles nicht ausgleichen kann. Meinen Eltern erzähle ich schon gar nichts mehr, die haben genug eigene Probleme." Sie atmete tief aus und legte erschöpft den Kopf auf das weiche Kissen ihrer Liege. So viel hatte sie seit Ewigkeiten nicht mehr erzählt. Schon gar nicht über die Schule. Diese Ärztin hatte echt einige Tricks drauf. Erst mit belanglosen Dingen wie Fußball ablenken, dann knallhart ausfragen.

„Okay, Lena. Das war großartig. Für heute bist du auch erlöst. Ich möchte dazu noch gar nichts sagen, einfach nur zuhören. Ich würde dich nachher um 17:30 Uhr zu Hause abholen. Du musst dich um nichts kümmern. Nur mitkommen und dich mal auf etwas Neues einlassen."

Sie gaben sich die Hand und Lena verließ mit einer Mischung aus Angst und Vorfreude die Praxis.

7

„Frauenfußball? Fällt dir nichts Besseres ein?" Lenas Vater schaute sie ungläubig an. „Andererseits ist das absolut bezahlbar. Daher habe ich nichts dagegen."
Auch Lenas Mutter nickte zustimmend. „Ich habe direkt nach deiner Nachricht mit meinen Kolleginnen in der Bäckerei gesprochen. Die kennen auch ein paar Mädels, die da mitmachen und großen Spaß haben. Vielleicht ist es ja mal eine Möglichkeit, dass du endlich Freundinnen findest."

Lena hatte den ganzen Tag darüber nachgedacht, ob es wirklich eine so gute Entscheidung war. Sie kam aber zu dem Schluss, dass es einen Versuch wert war, und immerhin hatte sie es ihrer Ärztin versprochen.

In einer Stunde würde sie abgeholt werden. Lena stand auf und ging in ihr Zimmer. Völlig planlos begann sie, in ihrem Kleiderberg herumzuwühlen. Ihre Mutter hatte es aufgegeben, sie zum Aufräumen zu animieren.

Zwar sortierte sie Lenas frisch gewaschene Klamotten immer schön säuberlich in ihren Schrank ein, doch warf Lena ihre getragenen Sachen einfach über einen Stuhl. Dies führte dazu, dass sich so lange ein riesiger Haufen auftürmte, bis ihre Mutter wieder mal genug hatte und einfach alles einsammelte und in die Waschmaschine schmiss.

Kurze Hose, T-Shirt, Socken … Noch was?
Lena versuchte, sich die Spielerinnen im
Fernsehen vorzustellen. Was hatten sie
an? Schuhe und Schienbeinschoner
würde sie von Frau Dr. Wünsch bekommen. Die dazugehörigen Stutzen auch.
Ein Stirnband für die Haare, gute Idee.
Lena stopfte alles in einen Rucksack und
holte noch eine große Flasche Wasser
aus dem Kühlschrank. Fertig!
Sie hatte noch 20 Minuten und setzte
sich zu ihren Eltern ins Wohnzimmer. Es
war sehr beengt. Eine große grüne
Couch, ein ebenso großer Fliesentisch
und lauter uralte Bilder an der mit Rau-
faser tapezierten, gelblichen Wand. Lena
schaute auf den Fernseher, der in einer
viel zu wuchtigen, dunklen Schrank-
wand stand. *Wie ätzend. Mamas Nach-
mittagsprogramm.* Lena schaltete ihr
Hirn aus und versuchte, sich zu entspannen. Während ihr Vater zumindest
noch ab und zu eine Zeitung in die Hand
nahm oder mal über die Nachrichten im
TV zappte, konnte ihre Mutter damit
nichts anfangen. Für sie gab es hauptsächlich ihr Handy. Damit spielte sie
kostenfreie Handy-Games oder durchforstete soziale Netzwerke auf der Suche
nach den aktuellen Skandalen ihrer
Freundinnen und deren Kontakten. Wie
ein Detektiv verfolgte sie Spuren, sobald
sie einen interessanten Post entdeckt
hatte. „O Gott, diese neue Frisur von
Martina! Oje, die Schuhe deiner Cousine!

Was hat sie sich denn bei diesem Typen gedacht? Familie Müller ist ja schon wieder im Urlaub!" Wenn man nicht sofort nachfragte, war sie fast schon beleidigt. Beim Essen philosophierte sie dann über die Promis und deren neuesten Eskapaden. Lena fand nichts langweiliger als das Leben fremder Leute, die alles taten, um mediale Aufmerksamkeit zu erregen. *Traurige Gestalten.* Irgendwie fand sie ihre Mutter aber noch bemitleidenswerter, da diese sich damit identifizierte und heimlich vom Leben dieser Menschen träumte. Andererseits, warum sollte man ihr verbieten, nach einem besseren Leben zu streben?

„... hat sie doch tatsächlich ihren Hund im Auto vergessen, während sie ein neues Schminkvideo auf ihrem Account hochladen wollte..." Lena versuchte wieder krampfhaft wegzuhören. Gleich kam die Köchin in die Sendung, die immer irgendwelche Gerichte vorführte, die eh niemand zuhause nachkochen würde. Zu teuer, zu aufwändig, zu eklig. Die laute und übermotivierte Moderatorin rührte dabei kräftig im Topf um, fummelte permanent in den mitgebrachten Zutaten herum und nervte die Köchin mit dämlichen Fragen. „Forellenfilets mit Macaire-Kartoffeln und Vanille-Karotten in einer Weißwein-Trüffelschaum-Soße." *Ist klar, wieder ein Gericht für den Durchschnittsbürger!*

„Es ist ja total nett von der Frau Doktor, dass sie dich mitnimmt." Lena blickte auf. Hatte ihre Mutter gerade während ihrer Sendung mit ihr gesprochen? „Ja, Mama."

„Aber nur, dass das klar ist. Wenn es dir Spaß macht und du wieder hingehst, dann kaufen wir dir die Schuhe." Lena traute ihren Ohren nicht. Was war mit ihrer Mutter passiert? „Vielleicht finden wir ja auch ein paar schöne gebrauchte, was meinst du?" Zu früh gefreut, da kam er wieder. Der Satz, der immer kommt. Lustig, da sie selbst nie gebrauchte Klamotten trug. Was denn die Kundschaft denken würde und dass ja ihr Ruf und der der Bäckerei auf dem Spiel stünde. Lenas Ruf war ihr da wohl wieder mal egal. Im Allgemeinen kam Lena anscheinend mehr nach ihrem Vater. Das hatte sie schon früh gemerkt. Während ihre Mutter immer viel Wert auf ihr Äußeres legte und auch mal Geld ausgab, welches sie gar nicht hatten, war ihrem Vater sein Äußeres relativ egal. Er kam von der Baustelle, schlüpfte in seine Jogginghose und fühlte sich wohl. Natürlich ging er in diesem Outfit zum Leidwesen ihrer Mutter auch mal vor die Tür. Heimlich beobachtete sie ihre Eltern. Ihre Mutter spielte mal wieder mit ihren blonden Haaren. Das tat sie immer, wenn sie fernsah und sonst nichts zu tun hatte. Dabei sah sie eigentlich ganz okay aus mit ihrem sommerlichen Kleid, den lackierten Nägeln und dem hellbraunen Teint. Ihr Vater lag wie ein angeschossenes Nashorn in seiner Ecke und glotzte auf den Bildschirm. Man merkte, dass er innerlich ganz woanders war. Wahrscheinlich bereits im Stadion mit seinen Freunden, wo er am Wochenende gerne hinging. Beide hatten ihre eigenen Interessen und verfolgten diese ohne große Rücksicht auf den anderen. Trotzdem liebten sie sich und unternahmen auch mal zusammen etwas mit gemeinsamen Bekannten oder eben zu zweit. Sie kannten sich über 20 Jahre und Lena war ihr absolutes Wunschkind. Das erzählten sie so oft, dass Lena öfter das Gefühl hatte, der größte Unfall aller Zeiten gewesen zu sein. Warum sonst sollte man sowas immer und immer wieder betonen? Geschwister hatte sie keine und war damit auch eigentlich ganz zufrieden. Gut, vielleicht hätte sie ein großer Bruder in der Schule verteidigen können. Wahrscheinlich hätte es aber nur einen weiteren Versager, ein zweites Mobbingopfer, gegeben. Also besser so!

Die Türklingel riss Lena aus ihren Gedanken und ließ ihre Ohren wackeln. Für ihre winzige Wohnung war die Klingel viel zu laut und die Melodie viel zu lang und nervtötend. Mama wollte das so, also wurde es so gemacht. Sie sprang auf, gab ihren Eltern einen schnellen Kuss und flog die Treppenstufen hinab. Unten sah sie bereits den Porsche vor

ihrer Tür stehen, die Beifahrertür war ge-
öffnet und Frau Dr. Wünsch schaute gut
gelaunt zu ihr hinaus. „Bereit?"
„Aber sowas von!" Lena grinste und zog
die Tür zu.

8

Ihre Hände zitterten, Schweiß hatte sich auf ihrer Stirn gebildet, und sie dachte nur noch an ihr Schlafzimmer samt Bett und Fernseher. *War das wirklich eine gute Idee? Was ist, wenn sie mich nicht mögen? Na ja, hier ist es anders als in der Schule. Ich kann jederzeit wieder gehen, niemand würde fragen, niemand würde mich nachträglich auslachen können. Abwarten, es kann doch auch gut werden.* Lena atmete tief durch, während der Porsche auf den Parkplatz vor dem Sportgelände abbog.

Lena war klar, dass dies erst der Anfang war. Die Aufarbeitung ihrer schulischen Probleme und die Wiedereingliederung in diesen Alltag würden bald folgen. Das Training diente dazu, die Grundlage zu schaffen. Ihr Selbstvertrauen und Wohlbefinden wieder zu stärken. Das wusste Lena und deshalb war ihr der Erfolg dieser Aktion so wichtig. Zum ersten Mal seit Langem wollte sie sich auf etwas einlassen. Wollte nicht davonlaufen, sich krankschreiben lassen und sich nicht im Bett verkriechen. *Probleme aussitzen. Den Kopf in den Sand stecken.* All das hatte man ihr bereits mehrfach vorgeworfen. Alles stimmte. Sie dachte an das Versprechen, das sie Frau Dr. Wünsch gegeben hatte. Macht das Training Spaß, geht's wieder in die Schule und es wird über alles geredet, was seit der fünften Klasse vorgefallen war.

„Wir sind da. Raus mit dir! Ich hole dich in zwei Stunden ab." Lena zuckte zusammen. Abholen? „Gehen Sie nicht mit?" Ihr Magen zog sich zusammen, ihr wurde übel. „Nein, da musst du jetzt durch. Die Trainerin weiß Bescheid und die Mannschaft erwartet eine motivierte Verstärkung." Sie lachte, gab Lena einen leichten Stoß und öffnete den automatischen Kofferraum. „Lass dich drauf ein, keine Vorurteile! Wir sehen uns später."

Rums! Die Tür war zu, der Porsche raste um die Ecke. Lena war alleine, ganz alleine. Der Parkplatz war fast leer. Sie schaute auf die Uhr. *O nein, fünf Minuten zu spät. Das macht ja einen großartigen ersten Eindruck.* Noch konnte sie einfach gehen. Für die Ärztin würde sie sich schon etwas einfallen lassen. Musste sie aber gar nicht. Sie war nicht ihr Boss, nicht ihre Mutter. Sie wurde sogar bezahlt. Vorschriften konnte sie ihr gar nicht machen!

„Bist du Lena?" Sie schaute sich um und sah eine große, blonde Frau, die am Gebäude stand und ihr freundlich zuwinkte. „Komm her, keine Angst. Wir freuen uns schon auf dich! Ich bin Erika, die Trainerin." Lena winkte zurück und ging langsam los. Einen Schritt nach dem anderen. Jetzt gab es kein Zurück mehr. Sie war aufgeflogen, enttarnt.

Die knappen zehn Meter kamen ihr vor wie eine Wanderung. „Komm schon, die anderen warten auf dich. Frau Wünsch hat uns hoffentlich nicht zu viel versprochen." Sie lachte und nahm Lenas Hand. Mit einer Bestimmtheit, die absolut keine Widerrede zuließ, zog sie Lena durch die Tür und ging mit ihr durch einen schmalen, dunklen Gang. Es roch nach Gras, Erde, Schweiß, Deo und Duschgel. Eine seltsame Mischung, die Lena aber irgendwie gefiel. Aus der letzten Tür, die einen Spalt offen stand, hörte Lena lautes Lachen und angeregtes Diskutieren. Erneut überkam sie ein Schweißausbruch und diesmal zitterten ihre Hände nicht, sondern ihre Beine wurden weich wie Kaugummi. Sie wusste nicht wie, aber plötzlich befand sie sich inmitten einer Gruppe Mädchen, die ungefähr alle in ihrem Alter waren und sie neugierig musterten. Lena stand wie angewurzelt da und brachte kein Wort hervor. „Das ist Lena, sie wird heute mit uns trainieren. Vielleicht haben wir endlich eine neue Stürmerin für unsere Mannschaft gefunden. Wir sehen uns nachher, ich muss leider meinen Sohn vom Musikunterricht abholen. Christina übernimmt das heute wieder." Lena dachte, sie hätte sich verhört.

Das größte Mädchen stand auf. Lange schwarze Haare zu einem Zopf gebunden. Leicht gebräunt und mit Muskeln überall. Vor allem ihre Beine waren durchtrainiert. Mindestens 1,80 Meter groß und breiter als jeder Junge, den Lena aus der Schule kannte. Niemand sagte ein Wort.

„Hey, Lena! Toll, dass du da bist. Wir freuen uns sehr auf dich. Ich bin Christina und bin die Kapitänin der Truppe."

„Ha..., Ha... Hallo Christina. Ich bin ... äh ... Lena. Ich freue mich auch." *Was ging hier ab? Warum waren die so freundlich? Planen die jetzt schon etwas gegen mich?* Noch bevor sie sich weiter in Verschwörungstheorien verstricken konnte, standen alle Mädels auf, umarmten sie und stellten sich vor. Es gab eine Tina, eine Julia, eine Tabea und natürlich noch viele mehr. Lena konnte sich die Namen nicht alle merken. Insgesamt waren es elf junge Fußballerinnen. „Wir ziehen uns erstmal um und dann trainieren wir. Mal schauen, was du draufhast." Christina lachte laut und schlug ihr auf die Schulter. Lena hatte das Gefühl, von einem Bagger erwischt worden zu sein. Sie taumelte leicht, was zu erneuten Lachern führte. „Hier ist dein Platz." Lena staunte nicht schlecht. Direkt zwischen Julia und Tabea lag ein großes Handtuch, eine Flasche Wasser und ein Duschgel. Auch noch von ihrer Lieblingsmarke. „Danke, ich habe meine eigenen Sachen, das ist nicht nötig." Lena bekam kaum ein Wort heraus. Sie hatte selten so etwas Dummes gesagt. „Keine Angst! Du bekommst das Zeug nicht, weil du so arm aussiehst, sondern weil das jede hier bei ihrem ersten Training geschenkt kriegt. Wir wollen zeigen, dass wir uns auf dich freuen. Und hier ist noch etwas für dich, damit du dich nicht für deine alten Klamotten schämen musst." Diesmal verstand Lena die Ironie und schaute gespannt, was Christina hinter ihrem Rücken hervorholte. Ungläubig blinzelte Lena mehrfach. Ein blaues Shirt samt passender Hose und Stutzen. „Äh, danke." Sie stammelte schon wieder. „Kein Problem. Wir sind ein Team, eine Gemeinschaft. Bei uns hat niemand mehr zu sagen als der andere. Wir helfen uns und sind füreinander da. Das zeigen wir mit unseren gleichen Shirts. Und jetzt hör auf zu heulen und zieh dich an, bevor wir dir in den Hintern treten." Noch immer fassungslos zog sich Lena um. Die Klamotten passten wie angegossen. Sie schaute neben sich zu Tabea, die sich gerade ihre Schuhe anzog. „Ja, ich weiß. Völlig zerstört. Halten nur noch mit Klebeband. Aber wir haben einfach keine Kohle. Die meisten von uns tragen gebrauchte Schuhe ihrer Brüder oder von irgendwelchen Kleinanzeigen.

Egal, Hauptsache kicken, richtig?" „Richtig!" Innerlich jubelte Lena. Gebrauchte Schuhe, genau die würde sie sich schenken lassen, wenn ihr das Spiel Spaß machen würde. Nachdem sie sich fertig gemacht hatte, verließ sie die

Kabine und betrat ehrfürchtig den Platz des Vereins. Das Gras war trocken, aber dennoch weich. Wirklich grün war es nicht mehr. Die vielen braunen Stellen hatten sich wohl im Laufe des Sommers immer weiter ausgebreitet. Lena kniff die Augen leicht zusammen und schaute zum gegenüberliegenden Tor. O *mein Gott, ist das weit weg. Wie soll ich dort überhaupt ankommen, ohne umzufallen?* Schritt für Schritt ging sie weiter und überlegte, wann sie jemals auf einem Fußballplatz gestanden hatte. Sie konnte sich nicht erinnern. Obwohl ihr der Anblick Respekt abverlangte, wollte sie sich nicht entmutigen lassen und drehte sich erwartungsvoll zu ihren Mitspielerinnen. Es konnte losgehen. Lena war bereit.

Allerdings war schon das Aufwärmen eine Tortur. Lena merkte jeden Schritt, jeden Sprint. Das Dehnen verlangte ihr alles ab. Sie hatte das Gefühl, als würden ihr glühende Nadeln in Arme und Beine gerammt. Sie verfluchte sich selbst für das faule Gammeln mit ihrem Handy im Bett. Sie wollte es am liebsten an die Wand schleudern und nie wieder anfassen.

Heimlich beobachtete sie die anderen Mädchen. Sie waren alle nicht sonderlich hübsch, kaum geschminkt und mit genau den gleichen Klamotten und Schuhen wie Lena. Alte Modelle, gut gebraucht und ohne Schnickschnack. „Wir haben keinen Sponsor." Hatte ihr

59

Christina erklärt. „Alles, was du hier sehen kannst, zahlen wir selbst. Das ist anders als bei den Jungs. Aber es hat auch einen Vorteil: Wir sind unabhängig. Wir kaufen uns, was wir uns leisten können, und haben damit Spaß. Selbst unsere Bälle haben wir uns mühsam von unserem Taschengeld abgespart oder schenken lassen. Wir müssen schon dankbar sein, dass wir zweimal die Woche auf dem Platz der Stadt trainieren dürfen."

Lena feierte innerlich. Sie fand sich in einer Gruppe von jungen Menschen wieder, in welcher sich niemand über sein Aussehen, über seine Kleidung oder über sein Smartphone definierte. Man musste zusammenhalten, sonst konnte man die Mannschaft gleich auflösen. Zuschauer wie bei den Jungs gab es ebenfalls keine. Lena hatte öfter mitbekommen, wie Maria und die anderen zum Gaffen bei deren Training zuschauten. Dort saßen sie dann, lästerten über die, die sich keine teuren Klamotten leisten konnten und tippten wie die Verrückten auf ihren Handys herum, um der Welt die besten Selfies zu präsentieren.

Dann war es endlich so weit. Nach einer Viertelstunde aufwärmen konnte die Arbeit am Ball beginnen. Lena hatte in ihrem ganzen Leben noch nie gegen einen richtigen Fußball getreten. Es fühlte sich an, als würde sie versuchen, einen großen Stein mit ihrem Fuß bewegen zu müssen. Der Ball war hart wie Stahl und sah schon sehr lädiert aus. Nachdem sie ein paar Mal hin und her gedribbelt war, wagte sie einen ersten Schuss. Sie holte aus, fixierte das Tor und trat mit voller Kraft am Ball vorbei. Sie drehte sich in der Luft und hatte das Gefühl, mehrere Sekunden schwerelos zu sein, bevor sie mit einem lauten Krachen auf den Rücken knallte. Alles knackte und ihr wurde schwindelig. Sie hörte nur das Lachen der anderen. *O nein, bitte nicht wie in der Schule. Schon wieder habe ich es vermasselt.* Noch bevor sie weiter in Selbstmitleid versinken konnte, erschien Tabeas Gesicht grinsend über ihr. Sie wurde an der Hand gepackt und mit einem Ruck nach oben gerissen. „Haha, gut gemacht. Warum sollte es dir anders gehen als uns? Hoch mit dir!" Kaum stand sie wackelnd wieder auf ihren Beinen, waren die anderen Mädels schon bei ihr und klopften ihr aufmunternd, aber immer noch lachend, auf die Schulter. Lena konnte nicht anders. Trotz ihrer Schmerzen, die aber schon wieder langsam nachließen, lachte sie mit und fühlte sich wie bei guten Freundinnen, die sie schon sehr lange kannte.

Danach folgten einige Übungen mit dem Ball. Man dribbelte um aufgestellte Stangen, übte Querpässe und Flanken über außen. Lena konnte absolut nichts, was ihre Mitspielerinnen aber nicht davon abhielt, sie immer wieder zu motivieren.

Wurden die vielleicht alle von Frau Dr. Wünsch bezahlt? Möglich war es, aber Lena verdrängte diesen Gedanken. Sie gab ihr Bestes, was die anderen auch sofort merkten und sie lobend anfeuerten. Trotzdem fühlte sie sich wie eine absolute Versagerin. Wenn sie sah, wie Christina rannte, ohne müde zu werden, oder wie Tabea den Ball stoppte, egal wie fest er zu ihr gespielt worden war, konnte sie nur ehrfürchtig staunen. Besonders ein Mädchen namens Jenny hatte es voll drauf. Niemand schien sie aufhalten zu können, wenn sie mal den Ball hatte. Sie schaute stets nach oben, hatte das gesamte Spielfeld immer im Blick. Der Ball klebte dabei an ihrem Fuß. Selbst aus einer Entfernung von 20 Metern traf sie noch das Tor.

Die Zeit verging wie im Flug. Lena konnte es nicht glauben, als plötzlich Erika am Spielfeldrand auftauchte und sich interessiert über den Zaun lehnte. „Noch 15 Minuten, Mädels. Ihr könnt jetzt ein Abschlussspiel machen. Ich möchte mal sehen, ob ihr fit seid und was Lena so draufhat." Sie lachte und zwinkerte Lena zu. *O nein, bitte nicht. Die wirft mich doch direkt aus der Mannschaft.*

Es ging los. Anpfiff. Sie spielten auf einem Kleinfeld. Sechs gegen sechs. Lena wusste nie so recht, wo sie eigentlich hinlaufen sollte. Wenn sie mal den Ball bekam, verstolperte sie ihn oder schoss ihn blind in die Mitte des Feldes. Welche Position sie hatte, wusste sie nicht.

Und so war die Viertelstunde auch sofort vorbei. Enttäuscht schlich Lena mit den anderen in die Kabine. Sie traute sich nicht, den Kopf zu heben und schämte sich für ihre Leistung. In der Kabine angekommen setzte sie sich und seufzte. *Wieder versagt. Ich kann halt leider wirklich nichts. Wahrscheinlich haben meine Mitschüler auch einfach recht.* Traurig zog sie die geliehenen Schuhe aus, als sie plötzlich ein lautes Klappern auf dem Gang hörte. „Auf Lena, die genauso schlecht ist wie wir alle, als wir hier angefangen haben. Prost!" Laut lachend trugen zwei Mädels eine Kiste Cola in die Kabine und verteilten sie untereinander. Auch Lena bekam eine Flasche in die Hand gedrückt. Als das kühle, klebrige Nass ihren Hals hinunterfloss, fühlte sie sich großartig. So gut hatte ein Getränk selten geschmeckt.

Erika und Christina saßen nebeneinander, tuschelten und sahen sie freundlich an. Dann hoben sie ihre Flaschen in ihre Richtung. „Prost, Lena. Wir sehen uns im nächsten Training am Freitag wieder!"

9

„Du weißt, dass wir nicht wegen des Fußballs hier sitzen, Lena?"

„Ja, Frau Dr. Wünsch, das weiß ich."

„Ich finde es unglaublich toll, wie du dich da engagierst und dass du endlich Anschluss gefunden hast. Trotzdem geht es darum bei unseren Sitzungen nicht. Fußball ist ein Hobby, Nebensache. Verstehst du?"

„Ja, Frau Dr. Wünsch." „Dann ist ja gut. Ich habe dir das vorgeschlagen, damit du auf andere Gedanken kommst, positive Gefühle erfährst. Das ist mir gelungen, oder?

„Auf jeden Fall. Ich habe mir sogar ein paar Fußballschuhe gekauft. Gebraucht, haben nur 20 Euro gekostet."

Frau Dr. Wünsch lächelte gütig. Das Training war nun ein paar Tage her und Lena war begeistert. Sie konnte es kaum erwarten, am Abend wieder zum Sportplatz am anderen Ende der Stadt zu fahren. Ihre Eltern hatten ihr sogar erlaubt, das Fahrrad zu nehmen, was schneller ging als mit dem Auto oder mit dem Bus. In der Schule war Lena nicht gewesen, obwohl sie es der Ärztin versprochen hatte. Montag sollte es losgehen und Frau Dr. Wünsch hatte darauf bestanden, dass Lena an diesem Freitagnachmittag nochmal in ihre Praxis käme. Es war eine ereignisreiche Woche gewesen und Lena wollte sich dieses positive Gefühl nicht kaputt machen lassen.

Montag ganz sicher! Das sagte sie sich in Gedanken immer wieder.

„Lena, in ein paar Wochen ist dein Schulabschluss. Deine Eltern und ich möchten, dass du ab jetzt regelmäßig in die Schule gehst und keine Angst mehr hast. Es wird meine Hauptaufgabe sein, dir diese zu nehmen. Der Hauptschulabschluss ist die erste Hürde, aber wie ich gehört habe, soll der Realschulabschluss im nächsten Jahr noch folgen. Das wird schwer, aber auf jeden Fall machbar. Wir vergessen jetzt also mal den Fußball und reden über die Schule. Einverstanden?"

„Ja, wenn es sein muss." Die eine Stunde würde Lena schon rumkriegen, und sie wollte ihr Versprechen unbedingt einhalten. Bisher hatte Frau Dr. Wünsch immer recht gehabt und das mit dem Fußball war eine grandiose Idee. Vielleicht könnte sie ihr wirklich in der Schule helfen. *Ist doch schnell geschafft und danach kann ich wieder zu den Mädels auf den Platz.* Dass sie sich sogar einen alten Fußball besorgt hatte und damit hinter dem Haus heimlich übte, behielt Lena vorerst für sich. Man sollte es ja nicht übertreiben, und sie war immer noch sehr schlecht. Sie hatte erst ein Training mitgemacht, aber schon jetzt wollte Lena mit den anderen mithalten. *Hätte ich solchen Ehrgeiz mal in der Schule.* Lena musste innerlich grinsen.

„Okay, was hält dich eigentlich davon ab, die Motivation, die du anscheinend beim Fußball nach fünf Minuten entwickelt hast, auch in der Schule aufzubringen? Ich habe gehört, du hast dir einen Ball geliehen und übst heimlich, wenn niemand da ist. Warum lernst du nicht für die Schule? Das ist doch das gleiche." *Was geht ab!? Hat sie schon wieder meine Gedanken gelesen?* Lena brachte kein Wort heraus. „Keine Angst, ich spioniere dir nicht hinterher. Deine Mutter hat es mir erzählt. Finde ich großartig!" Sie musste laut lachen. „Aha, lustig." Lena schaute peinlich berührt. „Sie wollten mich etwas über die Schule fragen. Wissen Sie noch?"

„Ach ja, stimmt, tut mir leid. Ich möchte etwas ausprobieren, Lena. Wir gehen zurück in die fünfte Klasse, direkt an den Anfang des Schuljahres. Hier haben deine Probleme wohl angefangen. Das ist jetzt über vier Jahre her und ich weiß, dass in den nächsten Sitzungen keine schönen Erinnerungen hochkommen werden. Das ist aber Sinn der Sache. Nur so kannst du diese verarbeiten und neu durchstarten. Einverstanden?"

„Gut, ich versuche es."

„Schließe bitte deine Augen und erinnere dich an deinen allerersten Schultag. Erzähle mir bitte ganz ausführlich, was in diesen ersten vier Stunden geschehen ist."

Lena schloss die Augen und reiste zurück in die Zeit, in der noch alles in Ordnung war ... noch.

Der Wecker klingelte, die elfjährige Lena öffnete die Augen, sprang aus dem Bett und flog durch den Gang zum Schlafzimmer der Eltern. Beide hatten an diesem Tag frei. Die Einschulung ihrer Tochter in die neue Schule wollte niemand verpassen. „Langsam, Lena. Wir haben noch ewig Zeit."

„Ich habe mir extra meinen Wecker gestellt und ich freue mich so sehr. Und ich bekomme ja bald mein Handy. Das habt ihr mir doch versprochen."

„Ja, ja später. Jetzt leg dich bitte nochmal eine Viertelstunde hin. Wir wecken dich."

Natürlich konnte Lena nicht mehr schlafen. Sie zappelte unter der Decke umher und malte sich dauernd aus, wie es denn nun bei den „Großen" werden würde. Ihr war klar, dass sie nun wieder als „Kleinste" anfangen würde, aber die vier Jahre Grundschule gingen ja auch schnell vorbei. Schade fand sie, dass ihre beiden besten Freundinnen Natascha und Lisa nicht mitkommen würden. *Macht nichts, ihnen geht es bestimmt gut und ich finde ganz schnell neue beste Freundinnen.*

„Auf geht's, mein Schatz!" Ihre Mutter zog ihr die Decke weg und gab ihr ein kleines Päckchen mit einer Schleife darum. „Hier für dich, damit du immer erreichbar bist. Als großes Mädchen muss man das ja sein heutzutage." Auch ihr Vater kam ins Zimmer und schaute ganz gespannt, als Lena langsam das Geschenkpapier Zentimeter für Zentimeter öffnete. Ganz behutsam, damit man es noch wiederverwenden könnte. Das wurde ihr bereits früh beigebracht. Mit jeder weiteren Bewegung zeigte sich der kleine weiße Karton immer mehr und Lena hielt die Luft an. Ehrfürchtig hielt sie es in den Händen. Ihr erstes Smartphone. Lange hatte sie davon geträumt. Immer heimlich geschaut, wenn größere Kinder sich Nachrichten und Fotos hin und her schickten. Jetzt würde sie dasselbe bald auch mit ihren neuen Freundinnen erleben. Die Verpackung war bereits ein bisschen dreckig. Lena öffnete den Deckel und da lag es. Klein, schwarz und wunderschön. *Moment, was ist denn das?* Lena nahm es vorsichtig heraus, so als wäre es aus dünnem Glas, und sah es sich im Licht genauer an. Überall waren leichte Kratzer zu sehen und auf der Rückseite waren deutliche Spuren von Fingerabdrücken erkennbar. „Es tut uns leid, aber wir mussten ein gebrauchtes Handy kaufen. Du weißt ja, dass wir nicht genug Geld haben." Ihre Mutter sah ihr traurig in die Augen. „Macht doch nichts, Mama! Ich freue mich sehr. Danke!" Sie sprang auf und drückte erst sie, dann ihren Vater. „Es sind zehn Euro draufgeladen. Pass auf, dass du nicht sofort alles verschwendest. Das Datenvolumen ist teuer."

Es war also ein Prepaid Handy. Na gut! Lena wusste, was das bedeutete. Egal. Sie würde aufpassen und sich Geld dazu verdienen, um ihr Guthaben immer wieder aufladen zu können. Die nächste Stunde verlief genau wie Lena es vermutet hatte. Sie frühstückten schnell, zogen sich für ihre Verhältnisse schick an und fuhren los. Lena war so unglaublich stolz. Ihr Pferdeschwanz wippte in jeder Kurve und das Handy hatte sie schon in der Hosentasche. Jeans und T-Shirt. Wie immer. Neben ihr stand ihre Schultasche, die sie schon in der Grundschule hatte. Ihre Eltern wollten keine neue kaufen, da diese noch „völlig in Ordnung" war. Lena sah das natürlich ein. Sie trug braune Sandalen und ein paar weiße Strümpfe. Die kleine Schultüte interessierte sie nicht wirklich. Sie freute sich auf den Mittag, wenn sie zuhause endlich ihr Handy anschalten durfte. Das war in der Schule verboten und sie wollte nicht gleich negativ auffallen. Es war aus und in ihrer Tasche. Das reichte ihr vorerst. „Wir sind da, meine große Fünftklässlerin." Stolz öffnete ihr Vater die Hintertür und ließ Lena aussteigen. Fast wie ein Chauffeur, der einen hochrangigen Politiker zu einem wichtigen Termin fuhr.

Lena schaute sich um. Der Parkplatz war riesig. Überall waren Eltern mit ihren

Kindern. Die Mütter trugen fast alle sommerliche Kleider, die Väter Anzug, Hemd und Krawatte. *Warum haben meine Eltern sich nicht so angezogen?* Lena musterte erst ihre Mutter, dann ihren Vater. Sie hatte einen kurzen Rock und eine luftige weiße Bluse an. Dazu zierten glänzende blaue Schuhe, die vorne offen waren, ihre lackierten Füße. Wie immer eigentlich ansprechend. Ihr Vater trug eine saubere Arbeitshose und ein ziemlich zerknittertes Hemd. Untenrum blau, obenrum grün. *Passt das?* Lena war sich nicht sicher. Es war das erste Mal, dass sie ihre Eltern mit anderen verglich, und es gefiel ihr nicht. Bei ihr selbst war es anders. Sie sah aus wie die meisten anderen Kinder. Davon war sie zumindest überzeugt. Klar waren die Klamotten der anderen moderner und neuer, aber das war Lena gewohnt und das störte sie nicht. Nie hatte jemand etwas dagegen gesagt. Warum sollte es jetzt hier ein Problem sein?

Was sie viel mehr störte: Sie kannte absolut niemanden. Aus ihrem Viertel gingen alle Kinder in die Hauptschule, die nur fünf Minuten fußläufig entfernt lag. Das wollten Lenas Eltern nicht. Auf einer Gesamtschule sind alle willkommen, jeder hat die gleichen Chancen und die Starken ziehen die Schwachen mit. So zumindest die Theorie. „Wenn du es nicht schaffst, kannst du deinen Hauptschulabschluss auch hier machen. Das ist alles möglich und du musst die Schule gar nicht wechseln" Damit wollten ihr ihre Eltern wohl die Angst nehmen.

Ihr Blick streifte weiter umher. Ihre Augen blieben an einem riesigen grauen Block hängen. Die Fenster waren winzig. *Sieht irgendwie aus wie die Wohnanlage in unserem Viertel, nur noch hässlicher.* Lena dachte zurück an ihre Grundschule. Die war bunt, es standen Bäume drumherum und alles war offen und freundlich. „Ist eben die Innenstadt. So sehen hier alle Schulen aus. Drinnen ist es bestimmt sehr schön." Ihre Mutter hatte wohl dieselben Gedanken und versuchte, sie zu beruhigen. „Komm, wir gehen."

Die nächsten beiden Stunden verliefen nicht wirklich spannend. Alle Kinder saßen zusammen in der großen, dunklen Aula, die notdürftig mit Papierblumen und Basteleien geschmückt war. Der Schulleiter redete darüber, wie toll seine Schule wäre und was sie schon alles gewonnen hätten. Lena hörte ihm gar nicht zu. Sie musterte die anderen Kinder und stellte sich vor, mit wem sie gerne in eine Klasse gehen würde. Ein Mädchen fand sie besonders schön. Sie hatte ein tolles, rotes Kleid an, das perfekt zu ihren langen blonden Haaren passte. Es war alles bis ins kleinste Detail abgestimmt. Rote Schleifen im Haar, dazu eine weiße Strumpfhose und einen rosa Rucksack.

Neben ihr saßen ihre Eltern in Sommerkleid und Anzug. *Könnte das meine neue beste Freundin werden?* Lena war schon gespannt, ob das Mädchen in ihre Klasse kommen würde. Ihre Gedanken wurden plötzlich unterbrochen. „Und nun bitte ich die Kinder zu ihren Klassenlehrerinnen und Klassenlehrern zu gehen. Ich rufe die Namen auf und ihr geht bitte selbstständig zu eurer Gruppe. Die Eltern dürfen dann nach Hause fahren. Wir passen ab jetzt gut auf ihre Kinder auf."

Lena konnte es vor Spannung kaum aushalten und rutschte auf ihrem Stuhl hin und her. Es kam ihr vor wie eine Ewigkeit. Der Direktor hatte bereits vier Klassen verkündet und sie saß immer noch auf ihrem Platz. Das andere Mädchen allerdings auch, was Lena wiederum fröhlich stimmte. Die Chance, dass sie in ihre Klasse kommen würde, wurde immer größer.

„Und die Kinder der Klasse 5e. Hier ist Herr Schwarz der Klassenlehrer." Er fing an, die Namen laut vorzulesen. „Maria". Den Nachnamen konnte Lena nicht genau verstehen. Das blonde Mädchen erhob sich und ging elegant zu der noch kleinen Gruppe der 5e. Lena schwitzte. Würde sie nun endlich drankommen oder müsste sie doch in die letzte Klasse? Endlich ertönte ihr Name. Voller Freude sprang sie auf und rannte, ohne sich von ihren Eltern zu verabschieden, los. Die anderen Kinder sahen sie kurz an und schauten dann wieder gespannt zu ihren Eltern, die alle immer noch stolz dasaßen. Lena winkte in die Menge und freute sich, als ihre Mutter und ihr Vater ausgelassen ihren Gruß erwiderten.

Kurze Zeit später war auch die 5f vorgelesen und es saßen keine Schüler mehr auf den Bänken im Publikum. Die ersten Erwachsenen hatten bereits den Saal verlassen, wahrscheinlich, um zur Arbeit zu fahren. Auch Lenas Eltern waren nicht mehr zu sehen.

Wie eine Schar kleiner Enten folgten die Kinder nun ihren Lehrern zu den neuen Klassenzimmern. Die Gänge waren verwinkelt, und sobald man zweimal abgebogen war, fühlte man sich verloren. Mit den Schildern, auf denen keine bunten Bilder, sondern lediglich Zahlen abgebildet waren, konnte Lena nichts anfangen. Sie hatte panische Angst, sich zu verlaufen. *Aber auch das wird sich mit der Zeit bessern. Ganz bestimmt sogar.* Sie ging weiter.

„Ich bin Maria und du?"

„Ich bin Tamara. Ich bin zehn Jahre alt."

„Schau mal, was ich hier habe." Lena schaute zur Seite und konnte es nicht fassen. Illegal, verboten, gefährlich! Mehr fiel ihr nicht mehr ein. Maria hatte heimlich ihr Handy rausgeholt und zeigte es stolz in die Gruppe. Es staunten alle nicht schlecht. „Ist das neueste Modell. Haben mir meine Eltern zur Einschulung geschenkt. Den Vorgänger haben wir weggeworfen." „Oh", „Ah", „Krass". Mehr Worte bekamen die anderen Kinder nicht heraus, was Maria mit sichtlicher Genugtuung registrierte und zufrieden die Haare in den Nacken warf. Jetzt oder nie! Lena griff in ihre Hosentasche und holte ihr Handy hervor. „Hey, ich bin Lena. Ich bin elf Jahre alt und habe auch ein Handy." Sie zeigte es im Laufen den anderen.

„Wow, bist du elf Jahre alt oder dein Handy? Sowas Schäbiges habe ich ja noch nie gesehen. Ist das aus der Steinzeit?" Lena war verwirrt. Die anderen Kinder in der direkten Nähe lachten und gafften wie Schafe auf ihr neues Smartphone. „Wieso Steinzeit?" Lena suchte nach Worten. „Weil das Teil uralt und total verkratzt ist. Passt aber zu deinen Klamotten." Die Mitschüler kriegten sich nicht mehr ein. „Was habt ihr denn, Kinder?" Herr Schwarz drehte sich um. „Nichts, alles in Ordnung", säuselte Maria in einem süßen Tonfall und klimperte mit ihren langen Wimpern. „Gut, wir sind jetzt in unserem Klassenraum. Setzt euch bitte zunächst, wie ihr möchtet. Vielleicht habt ihr ja schon Freundinnen, die ihr kennt." Es ging relativ schnell. Tamara und Maria setzten sich zusammen und fingen sofort an zu tuscheln. Lena spürte permanent ihre Blicke. Und wieder geschah etwas Merkwürdiges. Innerhalb weniger Sekunden waren alle

Tische mit jeweils zwei Kindern besetzt. Ehe Lena kapierte, was passiert war, sprach Herr Schwarz sie schon direkt an.

„Und wie heißt du?"

„Lena."

„Gut, Lena. Dann setz du dich doch bitte erstmal an den einzelnen Tisch links ans Fenster. Wir werden die Sitzordnung sowieso noch ändern."

Lena dachte sich nichts dabei und trottete langsam an den Tisch, der einsam am Fenster stand. Er kam ihr riesig vor, viel zu groß für sie allein. In der Grundschule gab es nur Gruppentische, an denen sie immer mindestens zu viert saßen und miteinander sprechen konnten. Lena lehnte sich zurück und spürte plötzlich etwas Klebriges an ihren Haaren, was langsam ihren Hals hinunterlief. Sie fasste wie in Zeitlupe vorsichtig nach hinten und schaute auf ihre Finger. War das etwa Marmelade? Ungläubig starrte sie erneut auf ihre Hand, dann nach vorne. Herr Schwarz schrieb gerade seinen Namen an die Tafel und was sie alles für den Unterricht benötigen würden. Zwei linierte Hefte, rote Einbände, einen Füller usw.

Ihr Blick wanderte wieder auf ihre Hand zurück und dann nach hinten. Niemand achtete auf sie. Allerdings konnte sie erkennen, dass Maria sich unter dem Tisch die Hände mit einem Taschentuch abwischte und schnell so etwas wie eine Brotdose in ihrem Rucksack verschwinden ließ. Die anderen Kinder hatten rote Köpfe und mussten offensichtlich das Lachen unterdrücken. „Was soll das? Warum macht ihr sowas?" Lena war fassungslos.

„Lena, würdest du dich bitte umdrehen und meinen Unterricht nicht stören? Das fängt ja gut an mit dir."

„Ja, Herr Schwarz." Lena senkte ihren Blick und war den gesamten Tag über ganz still. Die Freude vom Morgen war verflogen und sie hatte nur noch unglaubliche Angst.

10

„Also das war dein erster Schultag. Klingt ja nicht wirklich erfolgreich." Was war das für eine Stimme? Lena öffnete die Augen und sah sich um. Richtig! Sie lag auf der Liege in der Praxis und hatte von der fünften Klasse erzählt. Sie fühlte sich, als wäre sie eben erst aus einem sehr tiefen, realen Traum aufgewacht.

„Das ist normal, Lena. Wenn man stark an die Vergangenheit denkt und davon erzählt, ist es, als würde man tatsächlich da sein oder zumindest träumen, dass es so ist. Ging es dann so weiter in der fünften Klasse?"

„Leider ja." Sie schloss erneut die Augen. „Lena, kommst du bitte nach der Stunde nochmal kurz zu mir?" Herr Schwarz schaute sie streng an. „Bis dahin verhältst du dich bitte ruhig." Er drehte sich wieder zur Tafel und schrieb weiter.

„Du sagst kein Wort, sonst gibt es richtig Ärger!" Lena spürte Marias Atmen in ihrem Nacken. Süßlich, wie Bonbons oder Eistee. Lena nickte nur leicht und schaute nach vorne. Die Stunde war schnell vorbei und die Kinder verließen laut schnatternd den Klassenraum. Lena schlich nach vorne und stellte sich neben das Pult. „So, Lena. Was war denn heute los? Hast du Probleme?"

Sie schüttelte nur den Kopf. „Was ist das denn in deinen Haaren? Sieht aus wie Kleber oder irgendwas anderes, das da nicht hingehört. Hat dir jemand etwas in die Haare geschmiert?" Erneut ein Kopfschütteln. „Lena, hör zu. Ich kann dir nicht helfen, wenn du mir nicht die Wahrheit sagst. Hast du das verstanden?" Sie nickte. „Es ist nichts, Herr Schwarz. Ich habe mir aus Versehen Marmelade in die Haare gekleckert und mich darüber geärgert." Herr Schwarz schaute ungläubig. „Also gut, ich kann nichts für dich tun. Versprich mir aber, dass du zu mir kommst, wenn dich jemand ärgert, okay? Dann darfst du jetzt gehen." Lena nickte erneut und schlich aus dem Klassenraum.

„Hey, Gammelmädchen! Warte mal!" Lena drehte sich um und entdeckte Maria zusammen mit Tamara. Neben ihnen standen mehrere Jungs und schauten böse rüber. „Hast du gepetzt?" Lena verneinte und blickte ängstlich auf den Boden. „Besser für dich. Dir würde eh niemand glauben. Jetzt nimm dein uraltes Handy und deine komischen Klamotten und verzieh dich. Kapiert?" Lena hatte Tränen in den Augen. „Jetzt heul nicht, du Baby!" Sie nahm ihren Rucksack und ging langsam zum Parkplatz, wo ihre Mutter bereits wartete. Sie merkte sofort, dass etwas nicht stimmte. „Was ist denn mit dir los?"

„Ach, Mama, es war einfach etwas anstrengend. Lass uns bitte fahren."

„Was ist denn in deinen Haaren? Ist das Marmelade?"

„Ja, Mama. Es war ein Unfall. Bitte fahr jetzt los."

So ging es das gesamte fünfte Schuljahr. Bei jeder Gelegenheit bekam Lena eine Gemeinheit zu spüren. Wären es nur Maria und Tamara gewesen, wäre es ja nicht ganz so schlimm. Allerdings hatten die anderen erkannt, dass ihnen nichts passieren würde, wenn sie einfach mitmachten. Es gab sogar Kinder ohne Handy, Mädels, die viel ältere und kaputtere Klamotten anhatten als Lena. Das störte Maria jedoch nicht. Sie war so etwas wie die Chefin der Klasse. Selbst bei den Lehrerinnen und Lehrern war sie sehr beliebt. Sie war immer freundlich und zuvorkommend, erledigte ihre Hausaufgaben und meldete sich ständig. Das war Selbstvertrauen. Irgendwie bewunderte Lena ihre Peinigerin sogar. Sie hatte es innerhalb weniger Wochen geschafft, die ganze Klasse auf ihre Seite zu bringen. Lena fragte sich permanent, was sie wohl falsch gemacht haben könnte. Sie vermisste ihre Freundinnen aus der Grundschule. Das konnte man aber nicht ändern. Sie überlegte jeden Abend im Bett, wie sie etwas an der Situation verbessern könnte, hatte aber keine Idee. Jeden Annäherungsversuch blockten die Mitschüler ab. Jede Nettigkeit wurde ihr doppelt übel zurückgegeben. Dies führte dazu, dass sich Lena immer weiter zurückzog und sich gar nicht mehr beteiligte. Wenn sie mal etwas sagte, wurde gelacht. Nie laut, immer gerade so, dass sie es hören konnte, der Lehrer aber nicht. Sich jemandem anvertrauen? Niemals! Ihre Eltern würden sofort Stress machen und die Lehrer glaubten ihr eh nicht. Die perfekte Maria würde doch niemanden mobben.

Ihr fiel eine weitere Situation ein, die sie gerne vergessen hätte. Die Toiletten der Schule waren der Tiefpunkt jeglicher Würde. Sie stanken schlimmer als jedes Bahnhofsklo und waren genauso dreckig. Es gab zwar Putzfrauen, aber selbst die schienen diesen Bereich zu meiden. Das Mädchenklo bestand aus zwanzig Toiletten, die sich in zwei Zehnerreihen gegenüber lagen. Oben und unten waren sie offen. Wahrscheinlich, damit sich der Gestank noch schneller verbreiten konnte. Eines Tages hatte Lena wieder Magendarmprobleme. Diese hatten irgendwann einmal angefangen und waren seitdem nicht mehr weggegangen. Der Arzt schob es auf eine unzureichende Ernährung. Lena wusste allerdings genau, dass es der Stress war. Sie aß nichts anderes als sonst und auch nicht weniger häufig. Jeden Morgen nahm sie eine Tablette, um den Vormittag zu überstehen. Nachdem sie wieder einmal zu spät aufgestanden war, hatte sie diese natürlich vergessen und merkte das erst in der zweiten Pause, als es plötzlich in ihrem Bauch rumorte. *O Gott. Bitte nur das nicht.* Mehr konnte Lena nicht denken.

Sie sprang auf und raste über den Schulhof zu den Toiletten. Desinfizieren? Abwischen? Den Rand mit Klopapier verkleiden? Keine Zeit! Gerade so fiel Lena wie ein Stein auf die Klobrille und ließ es über sich ergehen. Sie blieb noch einen Moment sitzen und atmete tief ein. *War das knapp, und* zum *Glück hat niemand was mitbekommen.* Genau in diesem Moment hörte sie ein leises Kichern aus der Nebenkabine. Lena hob langsam ihren Kopf und sah gerade noch ein Handy, das oberhalb der Kabinenwand zurückgezogen wurde. Lena war fassungslos und konnte kein Wort sagen. War sie eben auf dem Klo bei der schlimmsten Durchfallattacke ihres Lebens gefilmt worden? Wer macht denn sowas Abartiges? Als wüsste sie die Antwort nicht bereits. Was die nächsten Tage folgte, war ein Spießrutenlauf durch alle Bereiche der Schule. Sogar der Schulweg war eine Tortur, wenn sie mal nicht von ihrer Mutter gefahren werden konnte. Das Video hatte sich schneller verbreitet als ein Feuer auf einer trockenen Wiese. Es gab kein Kind der gesamten Schule, welches es nicht gesehen hatte.

Und hier passierte es nun zum ersten Mal. Das fünfte Schuljahr war in seiner letzten Phase und es waren nur noch wenige Wochen bis zu den Sommerferien. Bis zu dem Video hatte Lena durchgehalten. Sie war immer anwesend, egal, was die anderen sagten oder machten.

Nach ein paar Monaten hatte sie ein dickes Fell, das meiste prallte einfach an ihr ab. Aber das war nun eine neue Eskalation, mit der sie nicht umgehen konnte. *Einem Lehrer etwas sagen? Niemals! Die glauben mir doch kein Wort. Wahrscheinlich haben sie das Video schon im Lehrerzimmer gesehen und sich kaputtgelacht.*

Lena wachte auf und fühlte sich an diesem Morgen körperlich eigentlich fit. Dann kam ihr aber eine Idee. Was wäre, wenn sie heute mal zuhause bleiben würde? Nur heute, sie würde schon nichts verpassen. War das richtig? Durfte sie lügen, um dem Terror zumindest für einen Tag zu entkommen?

„Mama, kommst du mal bitte?"

„Ja, meine Kleine? Was ist denn?"

„Du, Mama, mir geht es nicht gut. Darf ich heute mal hierbleiben?"

„Oje, natürlich. Ich rufe gleich in der Schule an. Ich muss aber sofort zur Arbeit. Kommst du klar? Papa ist seit zwei Stunden weg und du wärst bis 14 Uhr allein daheim."

„Kein Problem. Ich bleibe im Bett und morgen geht es sicher wieder." „Alles klar, dann gute Besserung und bis nachher."

Das war einfach! Lena staunte. *Jetzt aber genießen und nochmal umdrehen.* Gesagt, getan! Sie schlief bis 11 Uhr, stand dann langsam auf, ging duschen und setzte sich vor den Fernseher.

Was ein toller Tag. Daran könnte ich mich gewöhnen! Lena lächelte.

„Ich finde das ehrlich gesagt nicht lustig, Lena." Sie schreckte auf und blickte erneut in das Gesicht der Ärztin. „So hat alles angefangen? Bereits in der fünften Klasse? Und das ziehst du jetzt seit über vier Jahren durch? Meinen Respekt!"

Natürlich erkannte Lena die Ironie.

„Was hätten Sie denn getan?"

„Na, mit einem Lehrer reden, mit meinen Eltern. Hast du das nie probiert?"

„Mit meinen Eltern nie. Die wären vor Sorge umgekommen. Was hätten die denn machen können? Maria kann man nichts beweisen. Alle halten zu ihr und ich bin ganz allein gegen alle anderen. Mit einer Lehrerin habe ich es mal versucht, das war in der sechsten Klasse. Ist aber nicht gut gelaufen."

„Okay, das sparen wir uns für nächste Woche auf. Denk dran, heute Abend ist Training und nächste Woche geht's am Montag in die Schule, das war abgemacht. Diesmal treffen wir beide uns am Dienstag. Mach's gut, Lena."

„Tschüss, Frau Dr. Wünsch." Lena stand auf und verließ aufgeregt die Praxis. Ihr zweites Training stand bevor und sie hatte ihre eigenen Schuhe dabei. Es war das erste Mal, seit sie sich erinnern kann, dass sie sich auf etwas wirklich und ehrlich freute.

11

Lena strampelte, als ginge es um ihr Leben. Mit ihrem Fahrrad war sie lange nicht mehr gefahren und hatte ganz vergessen, dass das wirklich Spaß machte. Ihre Mutter konnte sie heute nicht zum Training fahren und Frau Dr. Wünsch wollte sie nicht zur Last fallen. Sie war ihr schon für die geliehenen Schuhe und die erste Fahrt dankbar. Außerdem war sie der Grund, weshalb sie überhaupt ein neues Hobby gefunden hatte.

Diesmal war sie pünktlich. „Hey, Lena. Schön, dich zu sehen. Ich hatte schon Angst, dass du nicht mehr kommst." Erika, ihre Trainerin, sah sie freudig an und strahlte über beide Ohren. „Komm mit rein, ich habe euch etwas Großartiges zu erzählen." Lena fühlte sich sofort wohl und ging ihr mit großen Schritten hinterher. Sie rannte förmlich durch die Kabinentür und sah in lauter nette Gesichter. „Hallo, Lena. Wahnsinn, dass du wieder am Start bist." Christina hob die Hand und schlug mit ihr ein. Auch die anderen Mädels lachten und grüßten sie. Lena setzte sich und holte stolz ihre gebrauchten Schuhe heraus. „Wahnsinn. Du hast dir auch eigene Schuhe gekauft. Top Zustand, würde ich sagen. Hammer!" Tabea klopfte ihr auf die Schultern und grinste. „Mädels, hört mir bitte mal kurz zu. Wie ihr wisst, sind wir eine reine Hobbymannschaft. Keine Sponsoren,

keine Liga, keine Gegner, keine Kohle."
Alle lachten. Sie waren es gewohnt, dass
sie praktisch für nichts trainierten. „Wir
haben in ein paar Wochen Sommerferien
und bevor ihr alle in den Urlaub fahrt,
habe ich ein Spiel gegen ein anderes
Mädchenteam organisiert. Wir spielen in
zwei Wochen vor den Jungs." Die Mädels
klatschten und riefen wie verrückt
durcheinander. „Ruhe, es wird noch besser. Der Bürgermeister und der Vorstand
des Vereins kommen und schauen uns
zu. Wenn wir sie überzeugen, dann melden sie uns für die nächste Saison offizi-
ell als Mannschaft an. Na, was sagt ihr
jetzt." Nun herrschte Stille. Man konnte
eine Stecknadel fallen hören. Christina
war die erste, die ein Wort heraus-
brachte. „Das gibt es doch nicht. Zahlt
sich die ganze Arbeit endlich aus? Ich
kann es nicht fassen." Sie sprang auf
und umarmte jede. Auch Lena wurde in-
nig gedrückt. „Ab jetzt geben wir alles,
alle zusammen! Bist du dabei, Lena?" Sie
nickte nur und wusste nicht so recht,
was das alles bedeuten sollte. Christina
hatte das wohl sofort erkannt und erklärte es nochmal allen. „Wenn wir ange-
meldet sind, spielen wir jedes Wochenende gegen andere Mannschaften. Wir
können über den Verein Sponsoren suchen und bekommen dann sogar unsere
eigenen Trikots. Das wäre ein Traum!"
Alle Mädchen stimmten zu und zogen
sich in einer wahnsinnigen Geschwin-

digkeit um. Lena war am schnellsten fertig, schnappte sich einen Ball und rannte auf den Rasen. Sie wusste nicht warum, aber sie war total aufgeregt und freute sich riesig. *Wenn ich nur nicht so erbärmlich schlecht wäre.* Nach dem üblichen Aufwärmen stand wieder mal Torschuss auf dem Programm. Tina stand im Tor und wartete auf den ersten Schuss. Die Handschuhe wirkten an der kleinen, zierlichen Person wie riesige Tragflächen eines Flugzeugs. Hätte sie schnell gewedelt, wäre sie wahrscheinlich abgehoben. Aufgrund ihrer geringen Größe war sie allerdings sehr flink. Bereiteten ihr hohe Bälle ein paar Probleme, so hielt sie auf der Linie nahezu alles. Am Strafraum stand Julia und legte den anlaufenden Mädchen den Ball vor. „Direkter Schuss" nannte Erika das. „Es ergibt sich aus dem Spiel heraus kaum ruhender Ball, daher ist das realistisch. Außer bei einem Freistoß natürlich, aber das ist etwas anderes."

Christina versenkte den ersten Schuss direkt in den rechten Winkel. Unhaltbar. Dann war Tabea dran und versuchte einen flachen Ball in die Ecke. Diesen konnte Tina jedoch mühelos halten. „Verdammt! Ich werde einfach nicht besser." Tabea reihte sich wieder hinten ein. Nun war Lena dran. Mit voller Konzentration lief sie ein paar Schritte und passte dann den Ball zu Julia, die ihr den Ball leicht zurückpasste. *Voll in die*

Ecke, den kann sie nicht halten. Lena fixierte den Punkt im Tor, wo der Schuss landen sollte. Holte mit voller Kraft aus und trat ins Leere. Sie sah aus dem Augenwinkel noch den Ball im Schneckentempo an ihr vorbeirollen, bevor sie mit voller Wucht auf den Rasen krachte. Sie sah Sternchen und der Himmel begann sich langsam zu drehen. Noch bevor sich Lena ihren Tränen und den Schmerzen hingeben konnte, erschien Tabeas Gesicht über ihr und sie wurde mit einem kräftigen Ruck hochgezogen. „Haha, schon wieder! So ging es mir die ersten Wochen bei jedem Training. Ist ganz normal, das kommt mit der Zeit." Sie lachte und legte den Arm um sie herum. „Weiter geht's. Ohne Übung kann man keine Sportart dieser Welt meistern." Lena sah sich um. Die anderen lachten auch. Es war aber ein anderes Lachen als das in der Schule, wenn sie auf dem Schulhof stand, umringt von ihren Mitschülern. Hier zeigte niemand mit dem Finger auf sie und niemand hatte so etwas Böses, Gehässiges in den Augen. Lena musste unwillkürlich mitlachen. Die Schmerzen waren verschwunden und sie stellte sich sofort wieder an.

„Lena, komm bitte mal her."

Erika winkte sie zu sich rüber. *O nein, jetzt fliege ich raus. Ich kann halt auch einfach nichts richtig machen.*

„Lena, pass auf. Du machst das schon ganz gut. Was dir fehlt, ist das Gefühl für den Ball. Das kannst du auch noch nicht haben. Ich wette, du hast vor unserem Training noch nie einen Fußball in der Hand gehabt." Lena nickte beschämt. „Das macht auch nichts. Wir sind Mädchen. Die spielen mit Puppen und reden blödes Zeug. Zumindest denken das die meisten über uns. Zeigen wir denen mal, dass wir auch anders können. Versuche, dich immer auf das Ziel zu fokussieren. Du schaust immer dahin, wo der Ball hingehen soll. Gleichzeitig versuchst du, den Ball zu erahnen. Das nennt man antizipieren. Du musst wissen, wo der Ball ist, wenn du ausholst und ihn schießen willst. Mach das am Anfang aus dem Augenwinkel, ganz langsam, ohne Hektik. Das Timing kommt dann von ganz allein. Probiere es nochmal aus."

Lena schnappte sich den Ball und war direkt an der Reihe. Die anderen ließen sie großzügig vor. Anlaufen, passen, Tor beobachten und versenken. Ganz einfach. Sie sah, wie Julia den Ball für sie zurücklegte, und holte aus. Diesmal versuchte sie, das Tor und den Ball irgendwie im Blick zu behalten. Kurz vor der Berührung schloss sie die Augen und zog ihr rechtes Bein voll durch. Es gab einen Schlag und Lena spürte, wie sie die Lederkugel satt erwischt hatte. *Traumtor!* Sie öffnete gespannt die Augen und sah, wie er in hohem Bogen über das Tor flog und hinten in den Büschen einschlug. „Sehr geil. Der fliegt morgen noch durch unsere Stadt. Aber gut gemacht, immerhin getroffen." Christina und die anderen lachten erneut und Lena lief mit dickem Grinsen in die Reihe zurück.

Nach etwas Ausdauer und Sprinten war es dann so weit. Das Abschlussspiel stand bevor. Es wurden zwei Mannschaften eingeteilt und Lena erhielt ein rotes Leibchen, welches sie sofort überzog. Sie spielten auf ein Tor, weil sie einfach zu wenige waren, um ein größeres Spielfeld zu nutzen. Nach 15 Minuten passierte es dann. Niemand wusste wie und niemand hatte damit gerechnet. Lena stand ungefähr drei Meter vor Tina, die das Tor wie ein tollwütiger Hund bewachte. Sie holte jeden Ball raus und verhöhnte dabei ihre Mitspielerinnen, die daran verzweifelten. Tabea schoss mit voller Wucht und traf den Pfosten. Der Ball prallte zurück und verfehlte Tinas Hände, die ihn fangen wollte. „Plums!" Er landete direkt vor Lena Füßen. „Schieß, Lena. Los, schieß!" Schallte es von hinten. Lena schaltete blitzschnell und trat gegen den Ball. Sie verfehlte ihn fast, sodass sie ihn nur mit der Spitze ihres Fußes erwischte. Genau das reichte jedoch aus, um ihm eine unmögliche Flugkurve zu verpassen. Er umkurvte Tinas Finger, die sich auf unnatürliche Weise streckte, und landete im Tor. Lena schaute ungläubig auf das runde Gebilde, was eindeutig hinter der Torlinie im Netz lag. Noch bevor sie reagieren konnte, wurde sie mit voller

Wucht umgerissen und von ihren Mit-spielerinnen überhäuft. Alle jubelten, lagen auf ihr und freuten sich. Lena bekam keine Luft, doch das war ihr egal. Sie genoss jede Sekunde, dem Erstickungstod nahe. Endlich, nach einer gefühlten Ewigkeit, löste sie das Knäuel und sie konnte wieder atmen.

„Unglaublich, Lena! Wie du den eingeschweißt hast. Spitzkick, unhaltbar." Natürlich erkannte Lena die Ironie in Christinas Stimme, doch auch, dass diese lieb gemeint war. „Eiskalt und ohne Gewissen." Auch Tabea lachte und umarmte sie. Erika klatschte und deutete eine Faust an, um ihren Siegeswillen zu demonstrieren. Für Lena war das der schönste Tag ihres bisherigen Lebens gewesen und sie ging mit großer Zufriedenheit ins Wochenende. *Montag in die Schule. Ich habe es versprochen.*

12

Noch zwei Wochen. Alles andere ist unwichtig. Lena drückte auf ihren brüllenden Wecker und stand auf. Seit Freitag konnte sie an nichts anderes denken als an das Spiel, das nun am übernächsten Sonntag stattfinden sollte. Bis dahin hatte sie noch viermal Training und musste unbedingt besser werden. *Gleich heute Nachmittag kaufe ich mir einen Fußball und übe draußen vor dem Haus.* Aber da war noch das Problem mit der Schule. Sie musste gehen. Sie hatte es versprochen und war es der Ärztin schuldig. Immerhin hatte diese in Windeseile dafür gesorgt, dass sie endlich ein Hobby gefunden hatte, in welchem sie voll aufgehen konnte und wollte. Noch hatte sie mit den Mädels keine Nummern ausgetauscht oder sich privat getroffen, doch das würde sich bestimmt bald ändern. *Endlich echte Freundinnen.* Lena konnte es nicht fassen. Das gab ihr den Mut, sich aufzuraffen und in ihre verhasste Klasse zu gehen. Außerdem stand der Abschluss kurz bevor. Lena war bewusst, dass sie diesen schaffen musste. Zwar wollte sie sowieso den Realschulabschluss haben, doch war es zur Sicherheit sinnvoll, den Quali zu machen, falls alle Stricke reißen würden.

Heute in die Schule, morgen dann zur Ärztin und ins Training. Das war der Plan, der ihr Mut gab.

„Lena, kommst du?" Ihre Mutter stand schon unten und wartete. Sie musste zur Arbeit und wollte Lena wie immer an der Schule abliefern. Lena griff sich wahllos ein Shirt und eine Hose, die auf ihrem Wäscheberg thronten, und schnappte sich ihren Rucksack. Packen musste sich nichts, da sie nie etwas ausräumte. Schnell nahm sie sich noch einen Apfel und dann ab ins Auto. „Du bist ja heute richtig motiviert, toll! Liegt das an dem Fußball?"

„Ja, Mama. Außerdem habe ich es Frau Dr. Wünsch versprochen und natürlich möchte ich meinen Abschluss schaffen." Ihre Mutter lächelte und strich ihr über den Kopf. „Ach, mein Schatz. Ich bin so froh, dass du es endlich verstanden hast. Du machst das schon alles."

Die Fahrt war schnell vorüber und Lena stieg wie immer vor dem Schulgelände aus. Mittlerweile war es ziemlich warm geworden und Lena realisierte erst jetzt, dass sie in der Hcktik vergessen hatte, sich zu waschen und Deo zu nehmen. An dem grauen Block vorbei, in dem die Fünft- und Sechstklässler saßen, ging es hinter das Hauptgebäude, wo der Bereich für die größeren Kinder anfing. Lena senkte den Blick und ließ sich durch das Gewusel um sich herum nicht aus der Ruhe bringen. *Noch ein paar Wochen, dann ist es vorbei. Ich freue mich auf morgen.* Sie öffnete die große Tür des Gebäudes und ließ sich mit der Masse bis zu ihrem Klassenraum treiben. Die Tür war offen und Lena konnte bereits das laute Kichern von Maria und Tamara hören. Lena schloss daraus, dass ihr Lehrer noch nicht da war. Die beiden Mädels standen wie immer umringt von allen anderen in der Mitte des Zimmers und wurden von ihren Fans gefeiert. Als Lena eintrat, herrschte plötzlich Ruhe. „Hey, Psycho! Auch mal wieder da?" Alle lachten. „Setz dich mal schnell hin, damit du nicht vor Schwäche umfällst." Erneutes Gelächter. Diese Geschichte würde Lena später ihrer Ärztin erzählen müssen. „Geile Klamotten hast du wieder an. Hat sich deine Mutter dafür auf dem Flohmarkt geprügelt?" Die Klasse tobte. Unglaublich, wie man immer wieder über die gleichen Sprüche lachen konnte. Lena setzte sich. Obwohl schon knapp 20 Schülerinnen und Schüler im Klassenzimmer waren, fühlte sie sich einsam. Ganz allein. Sie legte ihre Tasche auf den freien Stuhl neben sich, den bisher noch niemand besetzen wollte, und starrte nach vorne. Gleich würde Herr Schwarz kommen, dann ist zumindest für zwei Stunden Ruhe. Lena hatte ihn tatsächlich seit der fünften Klasse behalten und war damit mittlerweile zufrieden, obwohl sie sein Gelaber und seine Fächer hasste. Er ließ sie aber in Ruhe, nachdem alle Versuche, ihr zu helfen, im Sande verlaufen waren. „Hier stoße ich an meine pädagogischen

Grenzen. Ich bin Lehrer und kein Street-worker oder Sonderpädagoge."

Damit war das Thema abgehandelt. Sein Gehalt bekam er, egal, ob es ihr gut ging oder ob sie den Abschluss schaffte. Plötzlich spürte sie einen Luftzug an ihrem Ohr, ganz nah. „Igitt, die hat schon wieder nicht geduscht. Hier etwas Deo, damit du nicht so stinkst." Im nächsten Moment erwischte sie einen Schwall aus der Sprühdose. Süß, billig, eklig. So konnte man den Geruch treffend beschreiben. Das war der Trend, das ließen sich die anderen zu völlig überteuerten Preisen von irgendwelchen Internet-Youtube-Influencer-Püppchen andrehen. Lena drehte sich zur Seite und öffnete das Fenster. Sie schaute nicht nach hinten. Es war eh egal, wer es war. Niemand würde es zugeben, niemand würde bestraft werden.

„Mädels, was stinkt denn hier so abartig?" Herr Schwarz betrat den Raum und rümpfte angewidert seine Nase.

„Das war Lena. Sie hat gemerkt, dass sie müffelt, und zum Glück etwas Deo genommen." Alle lachten wieder und Herr Schwarz grinste dumm. „Danke, Lena. Sehr nett von dir." Das war seine Art, mit offensichtlichem Mobbing umzugehen. Es ignorieren. Lustig verpacken und kleinreden. *Vollidiot.* Lena seufzte und schaute aus dem Fenster. „Ich freue mich nicht nur, dass du gut riechst, sondern auch, dass du endlich mal wieder da bist, Lena. Wir haben viel zu tun und bald ist euer Abschluss. Ich habe gehört, dass die meisten von euch den Hauptschulabschluss machen möchten. Das ist sehr lobenswert. Aber auch den muss man erstmal schaffen."

Lena wusste nicht, ob es daran lag, dass sie es nicht mehr gewohnt war, aber es folgten die schlimmsten beiden Deutschstunden ihres Lebens. Herr Schwarz hatte ein Gedicht dabei. „Sehr berühmt … blablabla, Literaturgeschichte … blablabla …, das bekannteste Werke des Dichters … blablabla …, ich habe es auch schon in der Schule behandelt … blablablablablabla……".

Lena hatte längst abgeschaltet. Vor ihr lag ein Blatt Papier mit Wörtern in typischer Gedichtform. Strophen, Verse, Reime und eine Überschrift. Daneben waren Zeilen. Irgendwie wollte Herr Schwarz, dass sie da sprachliche Mittel oder sowas reinschrieben. Lena verstand nur Bahnhof. „Metapher, Personifikation, Anapher und Alliteration." Sie hatte das alles noch nie gehört und hoffte, dass in der Prüfung eine Erzählung drankommen würde. *Mut zur Lücke!* Das konnte Lena einigermaßen. Zuvor hatten sie das Argumentieren gelernt. Auch das hatte sie verstanden. Pro und Kontra. *Easy!* Herr Schwarz ließ damals die Klasse in zwei Gruppen einteilen und gab ihnen diverse Themen, die sie diskutieren sollten. „Sammelt Argumente und überzeugt damit eure Gegner. Das ist das Ziel!" Lena war immer sehr viel eingefallen, doch gemeldet hatte sie sich nicht. Wie immer saß sie bei Gruppenarbeiten etwas abseits und arbeitete für sich allein. Wenigstens ärgerte sie dann niemand.

Lena musste zugeben, dass es in der neunten Klasse etwas besser geworden war. Obwohl sie eine Realschulklasse waren, wollten fast alle ihren Hauptschulabschluss machen, um sich im nächsten und somit letzten Schuljahr etwas Druck zu nehmen. Fiel man durch, konnte man sich immer noch mit dem Quali bewerben, falls man nicht mehr wiederholen wollte. Trotzdem bekam sie weiterhin dumme Sprüche reingedrückt, wurde gemieden und bei jeder Gelegenheit lächerlich gemacht. Wenigsten aber keine körperlichen Angriffe mehr wie in den letzten Jahren.

Lena träumte vom Spiel gegen das andere Team. *Würde ich überhaupt spielen? Bestimmt! Wir kriegen ja mit Müh und Not elf Spielerinnen zusammen. Ich muss einfach noch mehr üben.* Lena merkte gar nicht, wie ihr jemand Papierkügelchen in die Haare warf. Das Gekicher ignorierte sie routiniert.

„Der Himmel weinte, nachdem die Sonne ausgiebig gelacht hatte. Lena, wie hast du denn dieses Stilmittel benannt?" Sie wurde aus ihren schönen Tagträumen gerissen.

„Hä?"

„Nein, so heißt es nicht! Da muss echt mehr kommen, Lena. Sieh dir mal deine Mitschüler an. Von denen kannst du noch was lernen."

„Das sind beides Personifikationen, Herr Schwarz." Sie konnte förmlich Marias lange Wimpern flattern hören. *Diese widerliche Schleimerin. Irgendwann würde es mal jemand merken, hoffentlich. Wenn es einen Gott gibt, dann muss er irgendwann eingreifen.* „Sehr gut, Maria. Wie immer. Da kann Lena sich ja noch was von dir abgucken." Maria lachte kindisch und lehnte sich aufreizend zurück. „Nee, das glaube ich nicht. Die lernt ja nie und schafft den Abschluss bestimmt nicht."

„Da könntest du leider recht haben." Wieder mal hatte ihr Lehrer sie nicht verteidigt, ihrer Peinigerin sogar zugestimmt. Unglaublich! Aber so war es eben. Lena schaute aus dem Fenster und beobachtete eine Schar Vögel, die sich um die Essenreste vom Vortag stritten, die neben einem völlig überfüllten Mülleimer lagen.

„Machen wir weiter mit der letzten Strophe. Hier ist es einfach." Noch bevor er Lena wieder drannehmen konnte, klingelte der Gong zur Pause. Er war mal wieder zu blöd, seine Doppelstunde so zu planen, dass sie auch mal fertig werden würden. Das schaffte er nie. Meistens verstrickte er sich in Kleinigkeiten, erklärte alles zehnmal oder erzählte sinn-

lose Geschichten, die kein Schwein interessierten. „Lernt bitte bis Mittwoch die Stilmittel und macht das Blatt fertig. Ich werde euch abfragen. Ab in die Pause."
Den Satz „Lena, bleibst du bitte noch einen Moment da" hörte sie zum Glück seit der siebten Klasse nicht mehr. Er hatte es endlich kapiert und aufgegeben. Sie packte ihre Sachen und verließ den Raum. Den Blick dabei wie immer direkt auf ihre Füße gerichtet. Im Schulhof hatte sie einen festen Platz bei den anderen „Versagern". Es war eine Bank, die etwas abseits in der Ecke stand. Dort kam keine Sonne hin und auch keine „normalen" Kinder. Manchmal rollte ein Fußball der kleineren Kids vorbei, was aber niemanden interessierte. Lena nickte den anderen kurz zu und setzte sich dann auf die freie Kante der Bank. Sie wusste nicht, wie die anderen hießen, niemand aus ihrem Jahrgang. Sie war die älteste. Es war ihr auch egal. Hier mobbte sie niemand. Sie war allein, aber zufrieden. Von den Mobbern kam auch keiner, es würde Zeugen geben. Zu unsicher. Lena war hier zumindest zweimal am Tag für jeweils 20 Minuten sicher und hatte ihre Ruhe.

Sportunterricht. Auch das noch. Lena hatte heute nur vier Stunden. Frau Sommer war krank. Mathematik fiel also aus. Obwohl Lena das Fach und eigentlich auch die Lehrerin mochte, war sie heute sehr froh darüber. Sie hatte einen

Fußball in den Kleinanzeigen gefunden und ihrer Mutter 15 Euro abgeschwatzt, damit sie ihn kaufen konnte. Diesen wollte sie nach der Schule sofort abholen. Sich immer den schäbigen Ball von ihrem Nachbarn zu leihen, der sogar noch ärmer war als sie, war ihr langsam peinlich. Die Adresse lag auf dem Weg und Lena konnte danach direkt ein bisschen kicken.

Es klingelte das erste Mal. Jetzt hatte sie noch fünf Minuten, um in die Turnhalle zu gehen, die zweihundert Meter neben dem Hauptgebäude lag. Lena hob ihren Rucksack auf und seufzte. Sport hasste sie. Dumme Spiele, sinnlose Übungen und den faulsten Lehrer der Welt. Herr Faust war einer dieser Kandidaten, die alles richtig gemacht hatten. Sport und Reli. Keine Korrekturen, keinen Stress, immer in Jogginghose unterwegs. Dabei war er stets gut gelaunt und zufrieden. Warum auch nicht? Gleiches Gehalt, aber null Aufwand. Lena hatte die anderen Lehrer schon über ihn reden hören. Dabei musste sie immer innerlich grinsen. Eigentlich hatte es doch jeder selbst in der Hand gehabt. Welcher Workaholic studiert schon die Fächer Deutsch und Englisch und ist dann überrascht, dass er stundenlang am Schreibtisch sitzt, während Herr Faust jeden Tag ab 13 Uhr im Schwimmbad oder im Fitnessstudio war. Meistens schloss er ihnen nur den Raum mit den Geräten auf und erlaubte ihnen, alles zu nutzen und gemeinsam zu spielen. Lena nicht. Sie saß eigentlich immer am Rand und schaute den anderen zu. Auf dem Weg zur Halle kam ihr eine Idee. Sie würde sich den Fußball nehmen und für sich ein bisschen trainieren. Spitzenidee! Sie lief schneller.

Verdammt! Ich bin so blöd. Ihre Sportklamotten hatte sie natürlich auch vergessen. Sie konnte schon die Sprüche der anderen hören. Egal, sollen sie labern. Lena war auf sie nicht mehr angewiesen. Sie hatte nun Freundinnen!

Super Idee mit dem Ball, leider blieb es auch dabei. Sie war etwas zu spät und hörte bereits, wie die Jungs sich die Kugel geschnappt hatten. Lena ging in die Halle, setzte sich und beobachtete das groteske Geschehen. *Wie eine Horde Paviane. Jungs in diesem Alter kapieren es einfach noch nicht.* Interesse an Mädchen hatten sie in den letzten beiden Jahren entwickelt. Was heißt „Mädchen"? Eigentlich nur an einem. Alle standen auf Maria, obwohl sie keine Chancen hatten. Sie spielte mit ihnen. Ließ sich ins Kino oder zum Eisessen einladen. Zu mehr kam es aber nie. *Traurige Marionetten!*

Da die Jungs fest davon ausgingen, dass es den Mädchen gefallen würde, wenn sie sich möglichst laut, dumm und ordinär verhielten, überboten sie sich bei jeder Gelegenheit mit größeren Dummheiten. Herr Faust war noch nicht da, hatte ihnen aber schon den Schlüssel für die

Halle gegeben. Wahrscheinlich saß er noch seelenruhig auf dem Klo, wie immer. Lena schaute erneut auf. Die Jungs droschen den Ball ohne Rücksicht durch die Halle. Sie brüllten und ruderten mit den Armen. Immer wenn der Ball einen ihrer Mitschüler oder die Wand traf, grölten sie noch lauter. Plötzlich tat es einen Schlag und der Ball schlug direkt neben ihrem Kopf ein. Lena dröhnten die Ohren. Jetzt lachten sogar die Mädchen. Lena hob den Kopf und sah Lukas, den dümmsten der Klasse, wie er auf der Stelle hüpfte und einen seltsamen Tanz vollführte. Er ließ sich gerade dafür feiern, dass er ihr fast den Kopf zu Brei geschossen hatte. Sie ließ sich nichts anmerken und schaute wieder auf den Boden.

„Auf geht's Leute. In die Mitte kommen." Herr Faust war erschienen und brüllte mit seiner lauten Stimme durch die Halle. Lena konnte sich nicht erinnern, ihn jemals normal reden gehört zu haben. Das kommt wahrscheinlich davon, wenn man täglich vier Stunden Sportunterricht geben musste …. und Lenas Klasse war noch harmlos. Zu den Lehrerinnen und Lehrern waren sie meistens nett. Ihren Frust bekam Lena ab. Ein menschliches Ventil.

„Lena, ich nehme an, du machst heute wie immer Pause?" Sie nickte, die anderen lachten. Maria hielt sich die Nase zu und wedelte in ihre Richtung. „Okay, heute machen wir uns kurz warm, dann müssen wir ein bisschen turnen. Steht im Lehrplan, müssen wir machen." Die Klasse war enttäuscht, während Lena innerlich lachen musste.

Die zwei Stunden vergingen wie im Flug. Ihre Mitschüler stellten sich so dermaßen blöd an, dass der Unterricht fast an eine Komödie grenzte. Herr Faust verlor seinen Verstand. Nach einer halben Stunde schüttelte er nur noch den Kopf, als der dritte übergewichtige Junge ihrer Klasse sich wieder fast das Genick bei einer einfachen Rolle nach vorne brach. „Ihr seid ungelenkiger als ein Besenstiel." Brüllte der Lehrer und schlug theatralisch seinen Kopf gegen die Hallenwand. Die Mädchen waren auch nicht besser und so endete die Doppelstunde mit einem Lernzuwachs von exakt null Prozent. „Wir werden das nächste Woche weiter üben und zwar so lange, bis ihr alle die einfachsten Übungen könnt. Dann gibt's Noten und ihr könnt machen, was ihr wollt. Das Schuljahr ist dann eh rum. Bis dann, ihr Pfeifen."

Lena verließ die Halle direkt durch den Haupteingang. Umziehen musste sie sich ja nicht und sie konnte es kaum erwarten, den Ball abzuholen. Keine 15 Minuten später lief sie allein, aber glücklich mit der abgenutzten Lederkugel vor ihren Füßen nach Hause. Sie dribbelte und dribbelte und verlor jedes Mal nach ungefähr fünf Metern den Ball. Aber sie gab nicht auf. Zu Hause angekommen, hatte sie es fast geschafft, dass der Ball die letzten zwei Minuten den Kontakt zu ihrem Fuß nicht mehr verloren hatte. Zum Schluss schoss Lena ihn mit voller Wucht durch das Gartentor des Miethauses, sodass er von der Mauer dahinter zu ihr zurückprallte. Zufrieden packte Lena ihren neuen Schatz ein und schloss die Haustür auf. *So schlimm war der Schultag heute doch gar nicht.*

13

„Und wie geht es dir heute nach den ersten beiden Tagen Schule seit fast zwei Wochen?" Frau Dr. Wünsch trug eine neue schwarze Brille, die sie sehr elegant erscheinen ließ, und musterte Lena neugierig. „Freust du dich auf das Training? Ich habe gehört, ihr habt ein Spiel am übernächsten Wochenende." Lena nickte fröhlich.

„Darum soll es aber heute nicht gehen. Der Fußball soll dich mental unterstützen. In der Schule helfen, das wird er dir kaum. Der Abschluss macht sich nicht von selbst und schon gar nicht mit dem Fuß." Sie lachte kurz. „Trotzdem freue ich mich, dass es so gut läuft. Jetzt aber an die Arbeit. Wir hatten in unserer letzten Sitzung deinen Schulstart in der fünften Klasse aufgearbeitet. Ich würde dich jetzt bitten, dich wieder zu konzentrieren und mir die beiden schlimmsten Ereignisse der folgenden drei Jahre zu schildern, also der Klassen sechs bis acht. Wir haben leider keine Zeit, jedes Jahr einzeln zu besprechen. Danach reden wir kurz darüber und dann sollst du mir die beiden schönsten Erlebnisse deiner bisherigen Schulzeit nennen. Heute ein negatives und ein positives, nächste Woche dann die anderen beiden. So gleicht sich alles aus." Lena verdrehte die Augen und verkniff sich eine freche Bemerkung. „Ich weiß. Du denkst, es gibt keine schönen. Wir wollen aber zusammen beweisen, dass es doch etwas gibt, was einem helfen kann. Also los! Augen zu und Feuer frei. Gib mir die miesen Ereignisse."

Lena schloss die Augen und dachte kurz nach. Sie hatte so viel erlebt, da war es gar nicht so einfach, die zwei schlimmsten Sachen zu benennen. Sie ging die drei Jahre durch und blieb direkt am Anfang der sechsten Klasse hängen. Schullandheim. Die erste Fahrt ohne Eltern. Das größte Event bisher im Leben der Kinder. Klar waren sie auch schon mal im Kindergarten weggefahren, doch nie über Nacht, nie ohne Mama und Papa. Die meisten Schulen starteten solche Fahrten bereits in der fünften Klasse, damit sich die Schülerinnen und Schüler schnell besser kennenlernen und als Klassengemeinschaft zusammenwachsen. Ihr Schulleiter hielt davon allerdings nichts: „Erstmal in der Schule ankommen, ein Jahr durchhalten, sich durchbeißen und dann als Freunde wegfahren und die Zeit genießen." Das war sein Motto. Für viele Kids sicherlich ein Vorteil. Für Lena eine Katastrophe. Sie war nicht mit ihrer Klasse zusammen, sondern auseinandergewachsen. Vielleicht wäre alles anders gekommen, wenn die Klassenfahrt direkt am Anfang unternommen worden wäre.

Es ging in ein kleines Kaff, ungefähr zwei Busstunden entfernt. Dort war ein

Schullandheim, welches von ein paar Nonnen betrieben wurde. Spärliche Einrichtung, Viererzimmer mit jeweils zwei Hochbetten und keine Möglichkeit, auch nur irgendetwas Großartiges zu erleben. Trotzdem freuten sich alle Kinder darauf. Sogar Lena. Das Ganze dauerte vier Tage. Montag sollte es losgehen, Donnerstag wieder zurück. Freitag würden sie freihaben. Geplant waren gemeinsame Aktivitäten wie Wanderungen, Schwimmbad und sogar einmal Kino, wozu sie allerdings jedes Mal den Bus nutzen mussten.

Schon die Zimmervergabe im Vorfeld wurde für Lena zum Desaster. Sie blieb einfach übrig. Niemand hatte sie berücksichtigt. Als Herr Schwarz die Namen abfragte, waren alle Zimmer mit vier Kindern belegt. Er freute sich kurz, bis er merkte, dass er Lena vergessen hatte. „Das wäre auch zu einfach gewesen:" Er seufzte. „Lena, was machen wir mit dir? Ich würde ungerne eine Gruppe aufsplitten, da es dann wieder nur Stress gibt. Ihr sollt aber auch nicht alleine in ein Zimmer. Was machen wir nun?" Lena zuckte nur abwesend mit den Schultern. „Sie kann doch im Bus schlafen." Alle lachten. „Ruhe dahinten." Herr Schwarz schaute böse und fuchtelte mit den Armen. „Ich lasse mir etwas einfallen. Es fahren ja noch andere Kinder mit, vielleicht bleibt da auch jemand übrig." Lena hatte jetzt schon keine Lust mehr.

Niemand aus ihrer Klasse wollte sie auf dem Zimmer haben, und dann kam sie noch mit den Losern der anderen Klassen in einen Raum. *Dreamteam der Versager. Hurra!*

Es kam, wie es kommen musste. Lena wurde mit Sabrina in ein Zimmer gesteckt. So war die Freude schon vor der Abfahrt dahin. Sabrina war riesengroß, sehr dünn und hatte so viele Pickel im Gesicht, dass man kaum noch Haut erkennen konnte. Dazu die gleichen Klamotten wie Lena, eine seltsame Brille und fettige Haare. Niemand konnte sie leiden. Nicht mal Lena.

„Lena, kommst du bitte langsam zum Punkt?" Die Stimme von Frau Dr. Wünsch hallte ganz leise in ihrem Kopf. Sie versuchte, sich weiter zu konzentrieren.

Die Busfahrt war relativ unspektakulär, nach zwei Stunden war alles gelaufen. Nicht mal eine Pause mussten sie einlegen. Lena fand die Zeit bis dahin gar nicht so schlecht. Klar, das Zimmer mit Sabrina war eine reine Zweckgemeinschaft. Sie würden niemals Freundinnen werden. Trotzdem redeten sie ein bisschen miteinander und hatten keinen Streit. Das war schon mal viel wert.

Bei den Ausflügen lief Lena wie immer ganz hinten, allein und ohne Kontakt zu den anderen. War nicht schlimm, war Gewohnheit. Abends saß sie entweder mit Sabrina auf dem Zimmer oder unten, etwas abseits der anderen, und las eine Zeitschrift. Manchmal spielte sie auch mit ihrem Handy. Am letzten Abend, also am Mittwoch, fand die große Schülerdisco statt. Darauf hatten alle gewartet. Die Jungs wuselten wie kleine Hunde über die Gänge, nicht fähig, diesen positiven Stress zu verarbeiten. Ganz anders die Mädels. Die meisten schminkten sich, machten sich gegenseitig die Haare schön und verglichen ihre Sommerkleider. Jede wollte die Schönste sein. Es ging noch nicht darum, Jungs kennenzulernen. Es ging um das Übertrumpfen der anderen. Mein Handy, mein Kleid, meine Schuhe.

Lena brauchte genau fünf Minuten. Duschen und Haare föhnen. Shirt und Hose von heute Mittag und das war's. Sabrina machte es ähnlich, nur dass sie nicht mal duschte. *Die ist ja noch schlimmer als ich.* Lena grinste und verließ das Zimmer. Die Disco fand im Keller des Schullandheims statt. Dort war ein großer Raum, der etwas karg ausgestattet war. An der Wand hingen ein paar bunte Wimpel und rote Lampen. In der Mitte gab es sogar eine Discokugel. Die Anlage bestand aus zwei großen Boxen, an die ein MP3-Player angeschlossen war. Lena vermutete, dass dieser einem Lehrer gehörte und sie auch dessen Musik ertragen mussten. Es war 18 Uhr und es waren schon fast alle da. Lena staunte nicht schlecht, als sie die anderen Mädchen in ihren Kleidern sah. Ihr war das völlig fremd. Schminken? Haare stylen? Was sollte das? *Wofür der Stress?* Sie ging an die Theke und holte sich einen Becher Limonade. Danach verlief ihr Weg schnurstracks an den anderen vorbei zum allerletzten Tisch im Raum. Sie setzte sich und ließ ihre Augen durch den Saal wandern. Genau in der Mitte hatte sich eine große Menschentraube gebildet, in deren Zentrum sie Maria und Tamara erblickte. Während Tamara noch relativ normal aussah, konnte sie Maria kaum erkennen. Ein kurzes rotes Kleid, hochgesteckte Haare, knallroter Lippenstift und so viel Wimperntusche, dass ihre Augen aussahen wie die einer Fledermaus. Sie erschien nicht wie zwölf, sondern eher wie 16, musste Lena zugeben. Ihre Blicke trafen sich und Maria lächelte sie an. *Was soll das? Das hat sie doch noch nie gemacht?* Sie gaffte wie ein Ochse, starrte zu Maria rüber. Diese lächelte immer weiter und winkte ihr sogar zu. Lena riss sich zusammen und lächelte zurück.

Dann setzte die Musik ein. Lena hatte es befürchtet. Achtziger-Jahre-Mucke von Herrn Schwarz. Er stand auf diesen ganzen Discomüll, der sich für Lena komplett gleich anhörte. Musik aus dem Computer, die Melodien wie die von Kinderliedern und die Frauenstimmen alle mehrfach mit Effekten belegt. *So singt doch niemand.* Lena konnte damit nichts anfangen, aber das hieß nichts. Musik war ihr egal. Wenn das Radio lief, dann war da eben ein Geräusch. Was in diesem Moment gespielt wurde, kümmerte Lena nicht. Trotzdem fingen einige Kinder sofort an zu tanzen. Die Mädchen wippten eher mit den Hüften, während die Jungs wieder mal durchdrehten und sich damit überboten, wer sich am dämlichsten benahm. Zwei Typen aus der Parallelklasse, sie hießen Tobi und Jonas, waren besonders peinlich. Wie diese kleinen hässlichen Affen in der Paarungszeit schlichen sie um Maria und die anderen Mädchen herum, wedelten mit den Armen, hüpften hoch und runter und stießen andere Jungs sinnlos über die Tanzfläche.

Plötzlich beugte sich Maria nach vorne und zog Tobi zu sich heran. Sie flüsterte ihm etwas ins Ohr und er glotzte sofort zu Lena rüber. Seine großen, hervorstehenden Augen und der dümmliche Gesichtsausdruck erinnerten Lena an eine fette, eklige Kröte. Auch die saftigen Pickel, die sein gesamtes Gesicht wie einen Streuselkuchen bedeckten, passten ins Bild. Eigentlich wäre Tobi auch ein typisches Mobbingopfer gewesen. Er schaffte es aber, durch seine laute, aufdringliche und freche Art immer wieder aufzufallen. Dies bewunderten die anderen irgendwie. Lena verstand es nicht. Es sollte ihr auch egal sein. Als sie wieder den Kopf hob, war Tobi verschwunden und Maria hatte immer noch dieses Grinsen im Gesicht. Erneut winkte sie Lena zu, die es diesmal sofort erwiderte. Der Abend neigte sich dem Ende zu und Herr Schwarz legte so richtig los. Er hatte sich das Mikro geschnappt und feuerte die Kids an, nochmal alles zu geben. Dann legte er das Mikrofon zur Seite und startete eine Polonaise. Sofort schlossen sich alle Kinder an und die riesige Schlange bewegte sich langsam, aber zielstrebig auf Lena zu. „Komm schon, Lena. Mach mit. Keine Widerworte!"

Lena stand widerwillig auf und legte ihre Hände auf die Schultern eines fremden Mädchens. Sie lief als letztes Glied einfach mit und hoffte, dass das Lied bald vorbei war. Es war ungefähr nach zwei Minuten, als sich plötzlich zwei Hände auf ihre Schultern niederließen. Fest umschlossen, fast schon unangenehm. Lena drehte sich kurz um und starrte in Tobis abartige Visage. Er grinste sie dümmlich an und stierte dann unbeteiligt nach links. Sie schaute wieder nach vorne und fühlte sich direkt unwohl. Das Lied war fast vorbei und Herr Schwarz drehte völlig durch. Er führte die Polonaise an und hüpfte wie ein Geisteskranker hoch und runter. Lena wollte gerade aufatmen, als sie merkte, dass sich jemand an ihrer Hose zu schaffen machte. Ihr Kopf fuhr nach hinten und sie sah den gebückten Tobi, der eine kleine Tüte in der Hand hatte. Bevor sie reagieren konnte, hatte er ihre Hose mit einem Ruck nach hinten gerissen und ihr den gesamten Inhalt des Beutels in die Unterhose gekippt. Dann warf er die Tüte weg und rannte schnell in die andere Ecke des Raumes, wo Maria, Tamara und die anderen Kinder bereits gespannt warteten und mit großen Augen zu ihr rüber glotzten. Lena spürte nichts. *Was sollte das? Wollte er mich nur erschrecken oder ...?* Noch bevor sie den Gedanken abschließen konnte, durchfuhr es ihren gesamten Körper. *Juckpulver! Eine ganze Ladung.* Lena hatte das Zeug schon öfter im Laden neben der Schule gesehen und sich immer gefragt, wer so einen miesen Schwachsinn kaufen, oder schlimmer noch, herstellen sollte. Es war doch klar, dass das Pulver nur verwendet wurde, um andere Kinder zu demütigen. Jetzt hatte es sie erwischt. Der Schweiß schoss ihr aus allen Poren und sie spürte, wie sie knallrot wurde. Tränen liefen ihr über die Wangen und sie konnte sich nicht mehr kontrollieren. Ohne auch nur über die Folgen nachzudenken, riss sie sich ihre Hose runter und versuchte, mit ihren Händen das Pulver zu entfernen. Dabei lief die Musik immer weiter. Aus dem Augenwinkel erkannte Lena die unzähligen Handys, die wie kleine Sterne um sie herum leuchteten und sie filmten. *Nicht schon wieder!* Sie hatte sich jedoch schnell im Griff und rannte weinend in Unterhose durch den

112

gesamten Raum und verschwand in ihrem Zimmer. Dort sofort unter die Dusche und Klamotten wechseln. Es dauerte die ganze Nacht, bis das Brennen und Jucken nachließ. Bestraft wurde nie jemand. Die Lehrer hatten nichts mitbekommen und Lena sagte auch nichts. Was würde es ändern? So ertrug sie es, dass die nächsten beiden Wochen in der Schule ihr Tanzvideo in Unterwäsche kursierte.

„O Gott." Mehr brachte Frau Dr. Wünsch erstmal nicht heraus. Lena öffnete die Augen. „Keine Sorge, ich habe es erfolgreich verdrängt und es macht mir nichts mehr aus." Dabei wischte sie sich heimlich eine Träne aus dem Augenwinkel.

„Du musst nicht lügen, Lena. Ich sehe doch, dass dich das immer noch mitnimmt."

„Nein, es ist in Ordnung. Ich habe es Ihnen erzählt und jetzt lassen Sie mich in Ruhe."

„Okay, alles gut. Es tut mir leid. Kommen wir doch nun zum positiven Ereignis, um die Stimmung etwas aufzulockern. Wir haben noch 15 Minuten."

„Keine Panik, das ist schnell erzählt und hat direkt etwas mit diesem Tag zu tun."

„Alles klar, dann schieß los."

Noch am selben Abend, Lena lag schon bestimmt eine Stunde weinend in ihrem Bett, ging die Tür langsam auf und Sabrina kam herein. „Lena, schläfst du schon?"

„Nein, was willst du?" Lena konnte das Schluchzen nicht unterdrücken.

„Ich habe mitbekommen, was die anderen mit dir gemacht haben. Ich habe das auch schon erlebt und weiß genau wie du dich fühlst. Das wird jetzt ein paar Wochen sehr schlimm, aber dann ist es auch wieder vorbei."

„Und dann lassen sie sich was Neues einfallen, ist doch klar." Lena wurde sauer. „Was habe ich denen getan? Ich war nie unfreundlich, habe sie nie beleidigt."

„Darum geht es nicht, Lena. Das ist wohl sowas wie das Gesetz der Schule. In jeder Klasse gibt es einen oder mehrere, die nicht so dazugehören. Die gemobbt werden oder im besten Fall nur ausgeschlossen werden. Ich gehöre auch dazu. Schon seit der Grundschule. Meine Eltern haben kein Geld, ich kann einfach nicht mithalten. So geht es sehr vielen Kindern. Du bist nicht allein, denk daran, auch wenn dir das im Moment nicht viel weiterhilft."

„Wie gehst du damit um? Dir tut doch keiner was."

„Meine Mama kennt den Schulleiter. Die spielen zusammen Tennis. Das einzige Hobby, das sie sich leisten kann und ausgerechnet da hängt der Herr Lange auch rum. Sie hat mit ihm geredet, er hat die Lehrer angemotzt und die dann die Schüler. Das ging ein paar Mal so und irgendwann hat es aufgehört. Jetzt lassen sie mich in Ruhe, grenzen mich nur

114

aus. Das ist aber okay für mich. Ich finde bestimmt nach der Schule Freundinnen." Das konnte Lena vergessen. Ihr würde niemand helfen. Weder ihre Eltern noch der Schulleiter, Herr Lange. Der kannte sie nicht mal und Herr Schwarz und die anderen Lehrer würden ihr sowieso nicht glauben. Es waren nur noch vier Jahre, das würde sie irgendwie schaffen.

Sabrina stand plötzlich neben ihr und beugte sich zu ihr runter. „Ich kann dir leider nicht wirklich helfen, aber kann dir nur sagen, dass wir da einfach durchmüssen. Ich hatte Glück, die meisten anderen nicht. Denk daran, die Zeit in der Schule ist absehbar und sie vergeht sehr schnell. Du schaffst das, Lena. Vielleicht gehst du trotzdem mal zu deinen Eltern oder zu deinem Lehrer. Das bringt manchmal mehr, als man denkt." Sie umarmte Lena und diese schlief kurz darauf erschöpft ein.

„Über den Vorfall habe ich nie wieder gesprochen. Bis auf heute." Sie schaute zu Frau Dr. Wünsch, die fassungslos den Kopf schüttelte.

„Lena, ich will hier nichts werten. Das ist nicht mein Job, aber warum hast du nie etwas dagegen unternommen? Es war die sechste Klasse. Du hattest noch so viele Jahre vor dir."

„Keine Ahnung, irgendwie bin ich abgestumpft. Ich muss das allein machen. Meine Eltern haben genug Sorgen und den Lehrern ist alles egal. „Warst du denn jemals bei ihnen und hast dich anvertraut?"

„Nein, nur einmal ganz am Anfang. Da hat man mir nicht geglaubt. Seitdem nie wieder."

„Aber es gibt Vertrauenslehrer, einen Schulpfarrer, einen Schulpsychologen. So viele Möglichkeiten."

„Lassen Sie es gut sein, es war eben so und fertig. Jetzt brauche ich das auch nicht mehr."

„Genau, jetzt hast du ja mich und dein Team." Sie lächelte und gab Lena die Hand.

„Nun gut, das war es wieder für heute. Wir sehen uns nächste Woche mit den anderen beiden Ereignissen. Bis dahin gehst du bitte unbedingt in die Schule und viel Spaß beim Training."

Lena verabschiedete sich und rannte vorfreudig zu ihrem Fahrrad. In ein paar Stunden geht es los. Nur noch viermal trainieren, dann ist das große Spiel.

14

Lena schaute an ihre Zimmerdecke. Irgendwie fühlte sie sich gut. Einfach nur gut. Nicht perfekt, aber auch nicht so fertig wie sonst. Sie war völlig kaputt, aber im positiven Sinne. Es war ein Gefühl, das sie so nicht mehr kannte.

Ihr Handy lag seit einer Stunde unangetastet auf ihrem Schreibtisch. Lena seufzte, verschränkte die Arme hinter dem Kopf und dachte nach. Das Training war diesmal durchwachsen. Sie war zwar für ihren unermüdlichen Einsatz gelobt worden, doch war sie diesmal unzufrieden. Erika meinte, dass sie nicht so hart mit sich selbst sein solle, da sie erst ein paar Mal mitgespielt hatte und vorher nie einen Ball auch nur angefasst hatte. Sie hatte recht, doch hatte Lena in den letzten Wochen etwas entwickelt, was sie vorher nicht kannte. Könnte man es Ehrgeiz nennen? Etwas, in dem man aufgeht? Leidenschaft? Freundschaft? Das Gefühl, irgendwo dazuzugehören? Ja, so könnte man sagen. Jedes Mal, wenn etwas nicht funktionierte, bekam man Zuspruch. Niemand kritisierte sie und niemand ärgerte sie für das, was sie war.

Diesmal hatten sie Flanken von den Außenseiten geübt. Lena verstand anfangs nur Bahnhof. Flanken? Außen? Von der Torhüterin weggezogen? Kopfball oder Volley? Was sollte das alles? Im Prinzip war die Übung einfach. Tina stand im

Tor und im Sechzehnmeterraum standen die beiden Verteidigerinnen Patricia und Eva. Die restlichen Mädels standen in zwei Gruppen an der Mittellinie. Eine Gruppe in der Mitte, die andere außen an der Linie. Während die Spielerin in der Mitte den Ball Richtung Eckfahne passte und in den Sechzehner zwischen die Verteidigerinnen lief, sprintete die äußere Fußballerin dem Ball hinterher und flankte ihn in die Mitte zur Passgeberin zurück. Diese musste sich dann gegen Patricia und Eva durchsetzen und schließlich Tina im Tor bezwingen. „Als Stürmerin ist man meistens in der Unterzahl, also eine sehr realistische Situation." Erika konnte wie immer mit ihrem Fachwissen punkten. Lena gelang diesmal gar nichts. Entweder passte sie den Ball von der Mitte ins Aus oder er rollte so langsam, dass er irgendwo im Spielfeld liegenblieb. Kam dann die Flanke, flog sie vorbei, trat über den Ball oder verlor den Zweikampf. Kein einziger Schuss ging aufs Tor. Ihre Flanken in die Mitte waren auch nicht besser. Zu flach, zu hoch, zu fest, zu lasch. Alles war dabei, nur eben kein Ball für die Stürmerin. Lena war frustriert und hatte Tränen in den Augen. Auch im Abschlussspiel war sie chancenlos. Am Ende war sie so sauer, dass sie ihr T-Shirt auf den Platz warf und laut fluchte. „Lena, so kenne ich dich ja gar nicht. Sehr gut, lass alles raus!" Christina schlug ihr lachend auf die Schulter. „Kopf hoch. Was denkst du denn, wie es bei uns damals war? Niemand hat was getroffen. Du bist schon ziemlich gut für den Anfang. Weiter so, und dann spielst du bestimmt nächste Woche in unserem Spiel."

Lena hielt inne und sah Christina tief in die Augen. Sie konnte keine Lüge, keine Falschheit und keine Provokation erkennen. Sie meinte es ernst. Sie wollte sie nicht demütigen oder auslachen, sondern aufmuntern.

Lena wischte sich eine Träne aus dem Auge und schaute weiter an die Decke. *Nächste Woche spielen wir. 13:00 Uhr auf dem Sportplatz, vor den Jungs. Wie viele Leute werden kommen? Darf ich überhaupt mitmachen?* Sie wusste nicht, ob sie das überhaupt wollte. War es nicht viel zu früh? Insgesamt waren sie wohl 15 Mädels, die aber nie alle gleichzeitig da waren. Im Training war man meistens zu zehnt, mal zu acht oder auch zu zwölft. Eigentlich bräuchten sie Lena. Sie wollte nur niemanden enttäuschen. Dann wieder alles verlieren und wieder keine Freunde haben.

Lena schob den Gedanken beiseite. Es war viel passiert die letzten beiden Wochen. Eigentlich mehr als in den letzten fünf Jahren. Diesmal auch positive Dinge. Die Schule absolvierte sie routiniert. Blöde Sprüche kamen immer wieder, das war sie gewohnt. Auch die Einsamkeit im Klassenzimmer.

119

Den Lehrerinnen und Lehrern ging sie so gut aus dem Weg, wie sie konnte. Nach wie vor hielt sie sich zwischen Dreiern und Vierern. Es würde reichen, um im nächsten Schuljahr zu bestehen. Die mittlere Reife, das war ihr Ziel. Der Hauptschulabschluss nur ein Zwischenschritt. Sie wollte ihn aber schaffen, er würde ihr Sicherheit für das bevorstehende Jahr geben. Vielleicht hatte sie auch Glück und kam in eine andere Klasse. Manchmal wurden diese neu gemischt, wenn etliche Jugendliche wiederholten oder neue Kinder in die Stadt zogen und eine Klasse dann zu groß wäre. Aber würde das viel bringen? Maria, Tamara, Tobi und Jonas hatten überall Einfluss. Niemand würde sie einfach so akzeptieren und Gefahr laufen, ebenfalls ins Abseits zu geraten.

Abseits ... Lena musste grinsen. Es hatte lange gedauert, bis sie diese Regel verstanden hatte. Erika war kurz davor, mit ihrem Kopf an die Mauer zu rennen. Christian hatte dann übernommen und ihr das Ganze mit Gummibärchen auf einem aufgemalten Spielfeld erklärt. Eigentlich simpel. Eigentlich.

Lena fragte sich, wie sie den Schulalltag die letzten Tage so gut wegstecken konnte. Es hatte wahrscheinlich mehrere Gründe. Frau Dr. Wünsch hörte ihr zu. Sie machte nicht viel, hatte einfach ein offenes Ohr, was Lena immer gefehlt hatte. Ihre Fußballmannschaft gab ihr

Kraft und etwas, worauf sie sich nach der Schule freuen konnte. Auch ihre Eltern nervten weniger. Nach der zweiten Sitzung mit der Ärztin hatte diese ihre Eltern gebeten, nochmal ohne Lena zu kommen. Danach waren sie wie ausgewechselt. Lena war es egal, worüber sie gesprochen hatten. Sie fand es super.

Sie schaute auf die Uhr. Es war noch zu früh zum Schlafen. Sie nahm nun doch ihr Handy und machte es an. Keine neuen Nachrichten, wie immer. Anstatt wie damals sinnlose Spiele zu spielen, schaute sie nun Videos an, um noch mehr über Fußball zu lernen. Die schönsten Tore, die besten Tricks und Dokus über Männer- und Frauenfußball. Lena merkte nicht, wie ihr langsam die Augen zufielen und sie einschlief.

15

Die weitere Woche verlief ohne jegliche Höhepunkte. In der Schule war diesmal nichts passiert und das Training war ganz in Ordnung. Am Wochenende machte sich Lena daran, ihre Schulsachen zu sortieren. Ihr Vater hatte ihr mit großer Freude einen riesigen Ordner gegeben und sie gelobt. „Besser spät als nie!"

Zunächst nahm sie ihren Rucksack und wirbelte ihn einmal herum. Hustend verschwand sie in einer Wolke aus Staub, losen Blättern, Stiften und Büchern. *Das passiert also, wenn man monatelang seine Tasche nicht aufräumt.* Lena durchlebte ein Chaos der Gefühle. Kurz wollte sie lachen, dann tränten ihre Augen und sie bekam einen Hustenanfall. Die Blätter in den Ordner zu sortieren war unmöglich. Lena fand einfach keinen Anfang. Welches Blatt war welches Fach? Was war zuerst, wo ist das blöde Datum? Als wenn das nicht schon schlimm genug gewesen wäre, waren alle Seiten hoffnungslos zerknittert. *So geht das nicht.*

Lena entschied sich für einen Neustart. Sie nahm alle Blätter, sammelte sie feinsäuberlich auf ihrem Schreibtisch und stopfte sie mit purer Gewalt in den Mülleimer, bis dieser zu platzen drohte. Im Ordner befanden sich bunte Trennseiten, die Lena nun mit den jeweiligen

Fächern beschriftete. Hier würden also ab jetzt alle Mitschriften reinkommen. Sie befanden sich mitten in der wichtigen Phase, in der man eigentlich nichts anderes machen durfte, als für die Abschlussprüfung zu lernen. Zwar absolvierten alle Kinder den Hauptschulabschluss freiwillig, doch hatten die Lehrer Mitleid und übten kräftig mit ihnen. Faire Sache, wenn sie dabei nicht so nervend wären.

Nun die Schulbücher. Oje, alle ohne Einband. Teilweise zerrissen oder geknickt. Fleckig und staubig waren sie alle. Lena nahm einen Lappen und wischte sorgfältig über jedes Exemplar. Sie konnte sich nicht wirklich erinnern, wann sie das letzte Mal zu Hause ein Schulbuch in der Hand gehabt hatte. Ein riesiger Vorteil, dass die Lehrer sie ignorierten, war, dass sie niemals Hausaufgaben vorlesen musste. Lena hatte langsam gelernt, dies als Luxus zu sehen, auch wenn sie wusste, dass das falsch war.

Biologie? Oh, nee. Nicht schon wieder. Diesmal bin ich richtig fällig. Lena durchwühlte ihren Schrank, schaute nochmal in den leeren Rucksack. Erst letztes Jahr hatte sie ein Buch verloren, was ihre Eltern widerwillig bezahlen mussten. Abgezogen wurde es Lena von ihrem mageren Taschengeld. Und jetzt wieder. Ätzend!

Okay, Halbzeit. Der beschriftete Ordner lag neben den halbwegs sauberen Büchern auf Lenas Schreibtisch.

Nun sortierte sie ihre Stifte. Einen Füller besaß sie seit Jahren nicht mehr. Das war selbst für sie zu uncool. Auf dem Boden verstreut lagen diverse Kugelschreiber, Textmarker, Bleistifte und Fineliner. *Es hilft ja alles nichts.* Lena nahm ein altes Blatt Papier und testete jeden Stift. Von gefühlten 500 Stück blieben am Ende genau sieben übrig, die noch schrieben. Darunter sogar ein nagelneuer Kuli.

Keine Ahnung, wo der herkommt. Wahrscheinlich von Mama. Sie holte einen Handstaubsauger, reinigte den Boden und ihr Mäppchen, in welches sie dann sorgfältig ihre verbliebenen Stifte sortierte. Fast geschafft! Ihr Blick wanderte ängstlich und ehrfürchtig in die Mitte des Zimmers. Dort wartete ihr Endgegner. Ihr Rucksack. Das große Fach hatte sie bereits komplett ausgeleert. Blieben noch die vordere Tasche und der kleine Einschub an der Seite, den man ebenfalls mit einem Reißverschluss schließen konnte. Lena nahm den Rucksack. Wie eine Spezialeinheit bei einer Bombenentschärfung öffnete sie zunächst die Seitentasche. Zentimeter für Zentimeter offenbarte sie ihren unbekannten Inhalt. Lena atmete auf. Nichts!

Bereits beim Drehen des Rucksackes spürte sie, dass sie bei der vorderen Tasche weniger Glück haben würde. Es war etwas Großes, Eckiges. Lena konnte es nicht definieren und öffnete das Fach mit einem Ruck. Etwas knallte auf den Boden. Ihre Augen wanderten langsam nach unten. *Woher kommt die denn?* Lena erkannte ihre Brotdose wieder, die sie vor einigen Monaten verloren hatte. Das dachte sie auf jeden Fall. Vorsichtig nahm sie das verlorene Stück in die Hand und schüttelte es behutsam. Sie spürte, dass etwas darin hin und her rutschte. Mit angehaltener Luft und beiden Händen über dem Mülleimer hob sie den Deckel und erstarrte vor Ekel. Sollte sie jemals eine ägyptische Mumie, die in der Sonne schimmelte, finden oder ein totes Tier, bei dem sich bereits jegliches Fleisch in stinkenden Glibber verwandelt hatte, so musste das genau so aussehen und riechen. Lena starrte auf das staubige, hellgrüne Etwas, das sich vor langer Zeit einmal „Pausenbrot" nennen durfte, und schluckte. Ein großer Fehler, denn so musste sie einen kurzen Moment durch die Nase atmen. Sie konnte spüren, wie sich ihre feinen Nasenhaare aufbäumten und ihre Lunge zu kollabieren drohte. Es roch scharf und beißend und erinnerte Lena an Spiritus oder Farbverdünner. Dazu eine ganz leichte faulige Note, garniert mit einem Hauch Bahnhofsklo. Lena musste würgen. Schnell öffnete sie das Fenster und katapultierte die Brotdose samt Mumienbrot hinaus. *Hoffentlich fällt es niemandem auf den Kopf oder noch schlimmer in den Mund. Egal, dieser Atommüll kommt nicht in meinen Mülleimer.* Lachend rannte Lena ins Bad und wusch sich die Hände. Es war vollbracht. Der Endspurt konnte kommen. Jetzt hieß es, mit ihrem Vater etwas Fernsehen zu schauen, was dieser sichtlich genoss. Danach wollte sie mal die Lehrbücher für Mathe, Deutsch und Englisch inspizieren.

Lena wollte zumindest nicht den kompletten Anschluss verlieren und den versäumten Stoff in den verbleibenden Wochen, so gut es irgendwie ging, aufholen. Zufrieden stolzierte sie Richtung Wohnzimmer. *Das wird eine harte Woche. Fünf Tage Schule, zweimal Training, dienstags zur Psychologin und am Sonntag das große Spiel. Ich werde mein Bestes geben.* Entschlossen öffnete sie die Tür, schnappte sich eine Cola und ließ sich neben ihren Vater auf die Couch fallen.

Die laufende Sendung interessierte sie dabei nicht wirklich. In Gedanken versunken starrte sie auf den flimmernden Bildschirm.

16

„Jetzt ist der zweite Teil unserer Reise in die Vergangenheit dran." Frau Dr. Wünsch lehnte entspannt an ihrem Schreibtisch, während Lena bereits auf der Couch Platz genommen hatte. „Denk dran. Ein negatives und ein positives Ereignis. Mal schauen, ob du das Schullandheim und deine Zimmerkollegin noch toppen kannst." Sie lächelte und Lena schloss die Augen.

Sie befand sich am Anfang der siebten Klasse im Mathematikunterricht. Eigentlich fand Lena Mathe immer okay. Hier konnte sie meist ruhig arbeiten und musste nicht viel reden. Interpretieren musste man nichts, es gab oft nur richtig oder falsch. Lena meldete sich selten, konnte aber sicher sein, dass ihre Antwort dann korrekt war. Hier hatten sie ihre erste Referendarin. Damals konnten die Schüler mit dieser Bezeichnung noch nicht viel anfangen. „Es ist so ähnlich wie eine Ausbildung, nur eben für Lehrer." Herr Schwarz gab sich Mühe, es den Kindern zu erklären. „Ja, aber das nennt man bei Lehrern doch Studium."

„Nein, Sabine. Das Studium ist nur ein Teil der Ausbildung. Bevor man dann Kinder unterrichten darf, muss man das erstmal lernen."

„Dann ist das Studium ja völlig unnötig, Herr Schwarz."

„Nein, denn dort lernt man das Fachliche, also den Inhalt der Fächer. Im Referendariat dann den Umgang mit den Schülern und wie ich diese Inhalte vermitteln kann."

„Einige Lehrer haben dann wohl in der Uni gepennt, denn die wissen gar nichts Fachliches. Die müssen jede Frage von uns googeln."

Alle lachten. „Dazu werde ich mich jetzt nicht äußern. Wir reden nicht über Kolleginnen und Kollegen, wenn diese nicht da sind. Das wisst ihr." Sein Kopf nahm langsam die Farbe einer reifen Tomate an. Das passierte immer, wenn er kurz davor war, sich aufzuregen. Meistens bekam er die Kurve.

Meistens ... Dann atmete er tief durch, zählte innerlich wahrscheinlich bis zehn und machte weiter, als wäre nichts gewesen. „Es ist auch völlig egal. Ihr bekommt Frau Meister und fertig. Sie wird hier Mathe unterrichten und auch bei euch geprüft werden, also seid nett und arbeitet ordentlich mit. Es geht um ihre Zukunft."

„Heißt das, wenn wir sie nicht mögen oder sie uns schlecht behandelt, können wir sie richtig reinreiten?" Dieser Spruch konnte nur von Maria kommen.

„Ja, Maria. Das könntet ihr. Aber das wäre sehr mies und man sieht sich im Leben immer zweimal. Denkt daran. Außerdem betreue ich sie als euer Klassenlehrer und weiß über alles Bescheid.

Ihr braucht also nicht denken, dass hier jetzt Party gemacht wird. In der Regel ist der Unterricht der Referendare deutlich spannender als von den alten Kollegen. Die müssen sich nämlich nicht mehr anstrengen." Herr Schwarz grinste kurz und öffnete dann die Tür. Dort stand eine kleine Frau Mitte 20. Ihre braune Ledertasche hielt sie schützend vor ihren Bauch, die schwarzen Haare zu einem Zopf gebunden und Klamotten aus Omas Zeiten. Die kleinen dunklen Augen wanderten hinter einer dicken braunen Brille hektisch hin und her wie bei einem verängstigten Tier. Es schien, als würde sie jederzeit damit rechnen, dass etwas Schlimmes passieren würde. Stets bereit für eine schnelle Flucht.

„Kommen Sie rein, Frau Meister. Die Klasse freut sich schon auf Sie." Herr Schwarz spielte den alten, erfahrenen Gönner, der ihr helfen würde, die Hölle zu überstehen. *O Gott, die wird hier aufgefressen.* Lena hatte sofort Mitleid. Schob es aber beiseite, da es sie nichts anging und sie es auch nicht wirklich interessierte. *Ich habe genug eigene Probleme. Die bekommt wenigstens Kohle für ihre Anwesenheit in dieser Irrenanstalt.*

„Guten Morgen, Klasse 7e. Ich bin Frau Meister, eure neue Mathematiklehrerin. Ich freue mich schon auf den Unterricht mit euch." Niemand rührte sich. Herr Schwarz räusperte sich und schaute böse in die Runde. Ruckartig sprangen

129

alle von ihren Stühlen. „Guten Morgen, Frau Meister." Alle setzten sich wieder und Herr Schwarz verließ das Klassenzimmer mit einem strengen Blick, der sagte. „Wenn hier einer Mist baut, dann ist er dran!" Lena konnte noch nicht ahnen, wie schnell das passieren würde.

Frau Meister stand da wie eine Schaufensterpuppe und schaute verstört in die Klasse. „So, liebe 7e, dann wollen wir mal anfangen. Wie gesagt, mein Name ist Frau Meister und ich unterrichte euch in diesem Schuljahr in Mathematik. Es wäre total nett, wenn ihr mitarbeiten würdet. Ich brauche euch für meine Prüfungen." Das wars! Das hätte sie nicht sagen dürfen. Eine Lehrerin, die abhängig von ihren Schülern ist? Unmöglich! Sie meinte es wohl nur nett, öffnete damit aber alle Schranken zur Hölle. Martin, einer der obercoolen, lauten Nervensägen aus der letzten Reihe brüllte sofort dazwischen. „Dann geben Sie uns wohl allen gute Noten, oder? Wäre ja blöd, wenn Sie wegen uns durchfallen würden?" Die letzten Worte betonte er zuckersüß mit einem ekligen Grinsen im Gesicht. „Na ja, ihr wollt ja bestimmt etwas lernen und wenn ihr gut mitmacht, dann gebe ich euch auch gute Noten. Das sollte euch doch reichen."

Nun quatschte Maria frech dazwischen. „Sie haben es wohl nicht verstanden. Sie brauchen uns mehr als wir Sie. Die Mathenoten sind uns in der siebten Klasse doch total egal. Es steht nicht mal ein Abschluss an und niemand will später das Zeugnis dieses Schuljahres sehen. Also passen Sie bloß auf." Lena vergrub den Kopf in ihren Armen und hoffte, dass irgendwas passierte. Herr Schwarz sollte reinkommen, der Feueralarm könnte losgehen oder ein Flugzeug stürzte auf den Pausenhof. Alles wäre ihr recht, nur lasst dieses Theater enden. Sie hatte natürlich nicht den Mut, den Mund aufzumachen. Niemand hatte das. Eine große Gruppe Angsthasen und Mitläufer. Widerlich!

„Ja, du hast recht." Und eingeschüchtert! Nach fünf Minuten! Kinder können so verdammt grausam, so unglaublich berechnend sein. „Dann schaue ich, was ich für euch tun kann. Die Arbeiten werden sicherlich nicht so schwer. Wir haben heute eine Doppelstunde und machen zwischendurch mal fünf Minuten Pause. Ich muss später kurz etwas im Lehrerzimmer holen."

Die erste Stunde verlief wie erwartet. Frau Meister lieferte ihren auswendig gelernten Stoff ab, niemand machte mit und die üblichen drei, vier Anführer nervten mit dummen Zwischenrufen. Lena konnte mitfühlen, wie es der Referendarin ergehen musste. Immer wieder starrte Frau Meister heimlich auf ihre Uhr. Lena wusste, dass die Zeit so nur langsamer vergehen würde. Irgendwann klingelte es. „Gut, Kinder. Benehmt euch bitte, ich bin gleich wieder da.

Muss schnell was erledigen." Schon war sie weg. Kaum war die Tür zugefallen, bildete sich in der letzten Reihe rund um Maria ein Pulk aus ein paar Schülern, die anregt über irgendetwas diskutierten. Lena konnte aus dem Augenwinkel sehen, dass Martin so etwas wie ein Marmeladenglas aus der Tasche holte und es den ungläubigen Augen der anderen zeigte. Was genau darin war, konnte Lena nicht erkennen. Jedenfalls war ein Deckel drauf und eine Plastiktüte drumgewickelt.

„Mach schon!", hörte sie Maria wie eine Schlange zischen. „Ich bring das nicht, hab genug Ärger. Außerdem habe ich es besorgt und es war für etwas ganz anderes gedacht." Martin verschränkte die Arme. „Ihr seid alle solche Weicheier. Wehe, einer verpetzt mich."

Tamara schnappte sich das Glas und schlich sich vor zum Pult, wo Frau Meisters Tasche auf dem Stuhl stand. Sie blickte böse in die Klasse. „Wenn einer was sagt, dann ist er dran. Kapiert?" Alle nickten stumm. Tamara musste keine Angst haben, niemand würde auch nur einen Ton sagen. Alle fanden es supercool. Mitläufer eben. Lena verachtete ihre Klasse dafür. Sie hatte noch absolut keine Ahnung, was Tamara vorhatte, doch es konnte einfach nichts Gutes sein. Die anderen Mitschüler schauten gespannt und irgendwie begeistert zu. Es würde lustig werden und ihnen konnte nichts passieren. Ein Fest für die Klasse! Vorsichtig hob Tamara den Deckel der Tasche an und öffnete das Glas. Angewidert verzog sie das Gesicht, während sie eine undefinierte, zähe Masse in die Tasche gleiten ließ. Lena erinnerte es an geschmolzene Schokolade. *Okay, kindisch und unnötig, aber wenigstens harmlos.* Das hoffte sie zumindest. Tamara hatte in der Zwischenzeit ihr Werk vollbracht, schloss die Tasche mit einem Ruck und rannte zum Mülleimer, um das Glas samt Plastiktüte zu entsorgen. Den Deckel hatte sie vorher wieder sorgfältig geschlossen. Im nächsten Augenblick saß sie schon an ihrem Platz und schaute unschuldig nach vorne. Dabei trafen sich ihre Blicke für einen kurzen Moment. Tamaras Augen funkelten böse und vermittelten ihr die Warnung, niemals auch nur ein Wort zu sagen.

Die Tür öffnete sich und Frau Meister kam völlig gehetzt wieder herein. Verwundert schaute sie in die Klasse. „Super, das hat ja toll geklappt. Danke. Ich hatte schon ein schlechtes Gewissen, euch alleine zu lassen." Sie näherte sich ihrer Tasche. Die Klasse rutschte unruhig auf den Stühlen hin und her und konnte das Schauspiel kaum erwarten. Lena war sich sicher, dass die wenigsten wussten, was Martin mitgebracht und Tamara in der Tasche versenkt hatte. Zunächst geschah jedoch nichts. Frau

Meister hatte alles, was sie brauchte, auf ihrem Pult liegen. Sie musste nichts aus ihrer Tasche nehmen. Die Spannung steigerte sich mit jeder Minute. Lena bildete sich ein, dass die Lehrerin immer wieder ans Fenster ging und ihre Nase an die frische Luft hielt. Dann schaute sie verwirrt um sich, machte jedoch unbeirrt weiter. „... zählt man alle Ziffern zusammen, so erhält man die Quersumme." Sie unterbrach kurz ihren Vortrag und rümpfte die Nase. „Kinder, riecht ihr das auch? Die ganze Zeit schon, seit ich wieder da bin. Kommt das von draußen?" „Also, ich rieche nichts. Was soll es denn sein?" Maria schaute gespielt besorgt nach vorne.

„Ach, alles gut. Ich muss einfach mal was trinken." Frau Meister öffnete ihre Tasche, griff blind hinein und zuckte schreiend zurück. „Igitt, was ist das denn?" An ihrer Hand klebte etwas Braunes, was sie panisch versuchte, mit einem Taschentuch zu entfernen. „Ekelhaft, was soll das? Was habe ich euch getan?" Weinend kippte sie den Inhalt ihrer Tasche auf das Pult. „Meine Arbeitsblätter. Alles ruiniert! Wisst ihr, wie lange ich am Wochenende daran gesessen habe?" Lena konnte sehen, dass ihr gesamtes Material verschmiert war, und plötzlich schlug ihr der Gestank mit voller Wucht ins Gesicht. Jetzt wusste sie, was Martin mitgebracht hatte. Hundekot!

Wahrscheinlich frisch vom Schulweg. Abartig! Frau Meister packte alle Sachen zusammen und rannte panisch aus dem Klassenzimmer.

Nun brach es aus allen heraus. Sie krümmten sich vor Lachen. Martin und Tamara wurden beklatscht und diese sonnten sich in ihrem Triumph. Lena schaute aus dem Fenster. War sie wieder die Einzige, die das absolut nicht witzig fand? Sie war wieder einmal sehr einsam, gänzlich isoliert in einem Raum voller Kinder.

„Lena, ich verstehe ja, dass das ein schlimmes Erlebnis war, aber warum für dich?" Frau Dr. Wünsch riss sie aus ihren Gedanken. Lena starrte sie an und musste erstmal wieder im Jetzt ankommen. Es war über zwei Jahre her und doch war es so real, als säße sie eben nochmal in der siebten Klasse. Selbst den üblen Gestank spürte sie noch in der Nase. „Warten Sie ab, es kommt jetzt."

Lena schloss wieder die Augen und sah sich selbst im Büro des Schulleiters hocken. Neben ihm Frau Meister links und Herr Schwarz rechts. Sie selbst wurde flankiert von ihren Eltern. „Ich kann mir das nicht erklären, Herr Schwarz. Sie kennen doch Lena, die würde sowas niemals machen." Ihre Mutter kämpfte wie eine Löwin für sie. Fassungslos saß sie neben ihrer Tochter und suchte nach Worten. „Es tut mir leid, aber die Klasse hat eindeutig Lena als die Schuldige benannt. Ich verstehe es auch nicht. Ihr kanntet Frau Meister doch noch gar nicht." Lena schwieg. Sie starrte stumm auf den Boden und zählte die Sekunden. Flucht in eine Parallelwelt. Das wäre es jetzt. Den Körper als leere Hülle im Büro sitzen lassen und erst wiederkommen, wenn das Gespräch gelaufen wäre. Willkommen in der Realität. Hier gibt es sowas nicht!

Jetzt schaltete sich auch der Schulleiter ein. „Ich habe ja Verständnis für ihre Tochter. Sie hat es in der Klasse wohl sehr schwer, weil sie sich nicht gut integriert und nicht mit den anderen Kindern klarkommt. Vielleicht wollte sie durch diese Aktion die anderen beeindrucken. Lena, sag doch mal was!" Lena blieb stumm. „Interessiert es euch, dass Frau Meister überlegt, mit dem Referendariat aufzuhören? Nach einem Tag? Nach einer Stunde? Du solltest dich schämen!" Langsam wurde er sauer. Bevor es eskalieren konnte, schaltete sich Lenas Vater ein. „Können wir etwas tun, damit Sie es sich anders überlegen und Ihre Ausbildung weitermachen? Es kommt sicher nicht mehr vor. Das verspreche ich. Für Lena werden wir uns eine gerechte Strafe überlegen, dafür sorge ich." Auch Frau Meister sagte kein Wort. Sie saß da wie ein Häufchen Elend und schämte sich.

„So einfach wird es nicht sein. Wir haben uns eine Maßnahme überlegt, damit

Lena auch spürt, dass so etwas nicht geht. Sie wird nicht mit auf die Skifreizeit fahren, die bald ansteht. Sie wird die Woche in einer anderen Klasse verbringen und dort mitmachen. Nachmittags hat sie jeweils zwei Stunden Hausmeisterdienst. Sind Sie damit einverstanden? Weitere Maßnahmen sparen wir uns dann. Frau Meister ist auch zufrieden damit." Lena traute ihren Ohren nicht. Sie musste sich kurz zusammenreißen, dass sie nicht laut schreiend in die Luft sprang. Klassenfahrt!? Niemals wollte sie mitkommen. Seit Wochen überlegte sie sich, wie sie aus dieser Nummer rauskam, und nun hatte das Schicksal es gut mit ihr gemeint. Es kam aber noch besser. „Da alle siebten Klassen weg sind, muss Lena zu den Sechstklässlern und dort ihre Aufträge bearbeiten. Auch das dürfte ja kein Problem sein." Der Schulleiter lehnte sich entspannt zurück und genoss seine Ansprache. Lena feierte innerlich weiter. „Lena, ich weiß nicht, warum du nichts dazu sagst, aber ich bin mir sicher, dass du damit nichts zu tun hast. Helfen können wir dir aber nicht. Also akzeptieren wir die Maßnahmen. Frau Meister, es tut uns sehr leid." Lenas Vater stand auf und reichte ihr die Hand. Sie zögerte kurz und schlug dann ein. Nun schaute sie Lena in die Augen und öffnete zum ersten Mal an diesem Nachmittag ihren Mund. „Lena, ich bin mir auch ganz sicher, dass du das nicht

gemacht hast. Ich kann mir auch denken, warum du schweigst. Komm gerne zu mir, wenn du reden möchtest." Das hatte gesessen. Erstmals hatte Lena ein richtig schlechtes Gewissen. „Danke", stotterte sie verlegen. „Entschuldigung."
„Dann kannst du jetzt nach Hause gehen. Morgen wieder normal in deiner 7e. Sei froh, dass wir dich nicht von der Schule werfen. Da kannst du Frau Meister dankbar sein, die das abgelehnt hat." Alle schüttelten sich die Hände und ihre Eltern verließen beschämt und gedemütigt das Schulgelände. Es wurde nie wieder ein Wort darüber verloren. Frau Meister durfte in eine andere Klasse, die deutlich netter war, und Lena wurde die nächsten Tage noch von ihren Mitschülern ausgelacht. Doch auch das legte sich irgendwann wieder und so ging es immer weiter.
„Sag mal, warum hast du denn nichts gesagt? Es hätte dir doch jemand helfen können. Wurdest du bedroht?" Lena schüttelte den Kopf. „Was hätte es geändert? Dann wären sie nur noch mehr auf mich losgegangen."
„Verstehe. Dann kommen wir jetzt zu einem schönen Ereignis. Wieder mal hast du die Zeit etwas gesprengt. Aber ich habe danach keinen Patienten mehr, also schenke ich euch die zehn Minuten."
„Sie brauchen mir gar nichts schenken. Es gibt nichts mehr, was schön war!

Ich habe keine schönen Erlebnisse in der Schule und die werde ich auch nicht mehr haben! Akzeptieren Sie das bitte! Entschuldigung." Lena war unbewusst laut geworden, was sie nicht wollte und ihr sofort leidtat. „Ich werde seit der fünften Klasse wie Dreck behandelt. Niemand interessiert sich für mich. Niemand hilft mir. Niemand fragt, wie es mir geht oder ob ich mal was mit den anderen unternehmen möchte. Ich bin ein Nichts, nur Luft! Ich sitze dieses Jahr ab, mache meinen Hauptschulabschluss und bete, dass ich im nächsten Jahr die Klasse wechseln kann. Da kann es nur besser werden. Ich habe dann fünf Jahre geschafft. Wie schlimm soll das letzte noch werden?"

„Ich finde es sehr schade, dass du das so siehst. Andererseits bin ich für deine Ehrlichkeit sehr dankbar. Du bist hier freiwillig, ich zwinge dich zu nichts. Wenn es wirklich nichts gibt, was dir in den letzten Jahren gefallen hat, dann akzeptiere ich das. Wollen wir uns auf etwas einigen?" Lena nickte abwartend. „Du hast noch ein paar Sitzungen. Sollte dir später was einfallen oder du erlebst noch etwas Schönes, dann erzählst du es mir, ohne dass ich nachfragen muss. Abgemacht?" Lena stimmte zu und sie gaben sich die Hand. „Gut, und jetzt ab ins Training. Am Sonntag gilt es für euch. Ich komme natürlich zum Zuschauen." Frau Dr. Wünsch sah nur noch einen

Schatten und hörte dann die Tür ins Schloss fallen. Zufrieden lehnte sie sich zurück und lächelte.

17

Morgen ist es endlich so weit. Lena packte ihre Sachen zusammen und machte sich bereit für die Schule. Donnerstags war ein schwieriger Tag. Sie hatte ausschließlich Unterricht mit ihrer Klasse und hoffte jedes Mal, dass man sie in Ruhe lassen würde. Schlimmer konnte es kaum sein: Der Start waren zwei Stunden Deutsch, danach eine Doppelstunde Geschichte. Dass ein Tag, der nur vier Stunden hatte, so mies sein konnte, war fast schon ein Wunder. Alles Fächer, in denen die Lehrer viel zu erzählen hatten und mindestens genauso viel einforderten. Herr Schwarz war zu allem Überfluss nicht nur ihr Deutschlehrer, er unterrichtete auch Geschichte. „Passt beides so gut zusammen." Diesen Spruch hörten sie sich täglich an. *Stimmt! Ist beides ekelhaft.* Davon war Lena überzeugt. War ihr Lehrer in Deutsch schon nervig, so steigerte er sich in Geschichte ins Unermessliche.

Meistens sind Lehrer und Lehrerinnen faul. So zumindest das Vorurteil vieler Schüler, Eltern und eben der restlichen Bevölkerung, die keine Lehrer sind. So kam es Lena auch vor und ihr war es recht. Wenn die Lehrkraft ihnen Blätter austeilte oder sie still im Buch arbeiten ließ, so war das nicht pädagogisch wertvoll, doch wenigstens wollte niemand etwas von ihr. Herr Schwarz liebte

Geschichte. Er konnte nicht genug davon kriegen. Schriftquellen lesen, Karikaturen besprechen, Fotos anschauen, Wahlplakate analysieren, Filmausschnitte gucken und vieles mehr. Das alles ausführlich diskutieren und dann eine schöne Mindmap mit tausend Fakten, die niemanden interessieren, die niemand jemals wieder braucht und die niemals spannend waren oder werden. „Geschichte wiederholt sich immer. Wir können aus ihr lernen und dafür sorgen, dass Fehler nicht nochmal passieren." Wenn sie sich aber immer wiederholt, hat der Mensch wohl nicht wirklich viel gelernt in den letzten Jahrtausenden.

Wie dem auch sei, Lena hatte keine Lust, dachte aber an ihr Versprechen und ging jeden Tag unbeirrt in ihren Albtraum. Wenigstens konnte ihre Mama sie fahren und sie musste weder mit den Gestörten noch mit ihren Mitschülern den Schulweg teilen. *Eine Chance gespart, dass mich jemand fertigmachen könnte.* Sie schulterte ihren Rucksack und verließ ihr Zimmer. Jetzt, wo sie alles sortiert hatte und ihre Sachen täglich neu ordnete und nur das mitnahm, was sie auch wirklich benötigte, war er deutlich leichter als früher. Vielleicht bildete sie sich das auch ein, aber es half ihr, sich zu motivieren. Ihre Mutter wartete schon und verfrachtete sie samt Pausenbrot auf den Beifahrersitz. Lena bemerkte schon direkt nach dem Losfahren, dass ihre Mutter etwas loswerden wollte. Etwas Peinliches. Ganz sicher.

„Lena, ich wollte dir nur sagen, dass wir unglaublich stolz auf dich sind. Wir wissen, dass du in der Schule noch Probleme hast, aber vielleicht hilft dir der Fußball dabei, diese zu überwinden. Das ging jetzt alles sehr schnell und dieser kurze Abschnitt aus deinem Leben kommt mir so vor, als wäre er länger als die letzten fünf Jahre zusammen. Ich weiß auch, dass du es nicht leicht hast, da wir einfach nicht so viel Geld haben, aber Papa und ich arbeiten täglich viele Stunden, damit wir dir wenigstens ein paar Kleinigkeiten bieten können. Schau mal auf den Rücksitz, die wirst du morgen brauchen." Lena zuckte zusammen. Morgen? Etwa im Training? Ihre Eltern fanden den Fußball doch langweilig. Oder etwa nicht? Sie hatte nie darüber nachgedacht, dass ihre Eltern einfach viel zu beschäftigt waren, um sich danach zu erkundigen. Sie drehte langsam den Kopf und erblickte einen kleinen, schwarzen Karton hinter ihrem Sitz. Das Logo erkannte sie sofort. „Ach, du Schande!" Schnell griff sie nach hinten und öffnete die Schachtel. „Mama, das gibt's doch nicht. Äh, äh, danke." Fassungslos hielt sie das Paar nagelneuer Fußballschuhe in den Händen und drehte sie ungläubig vor ihren Augen. Nicht gebraucht, keine Löcher, Flecken oder sonst was. Mit Etiketten und allem

Drum und Dran. Lena kannte das Modell. Sie hatte es schon in der Werbung gesehen und wusste, wie viel es kostete. Ihr war klar, dass ihre Mutter dafür mindestens eine Woche arbeiten gehen musste.

„Wir wollten dir damit zeigen, dass wir dich voll und ganz unterstützen werden und dass du auf uns zählen kannst. Jetzt will ich aber, dass du morgen im Training alles gibst, damit wir dich Sonntag beim Spiel anfeuern können." Sie lachte. „Soll das heißen, ihr kommt und schaut mir zu?" Lena war sprachlos. „Klar, warum nicht? Ich werde den gesamten Platz zusammenbrüllen. Und jetzt raus mit dir, die Schuhe bleiben hier." Lena hatte gar nicht gemerkt, wie die Fahrt weiterging und dass sie bereits vor der Schule standen. Sie wischte sich eine Träne aus den Augen und drückte ihre Mutter so fest sie konnte. Niemand würde sie mehr aufhalten, es würde eine Geschichte mit Happy End und ohne Hindernisse werden. Dafür würde sie sorgen. Probleme hatte sie genug. Jetzt galt es, endlich nach vorne zu schauen. Sie schloss die Autotür und sah ihrer Mutter hinterher, wie sie mit ihrem kleinen Wagen um die Ecke verschwand.

„Geile Karre. Gibt's die auch in neu?" Lena erschrak. „Werden die Autos so ausgeliefert, damit man sie für 500 Euro kaufen kann? In sowas würde ich nicht mal für Geld einsteigen. Ekelhaft."

Lena drehte sich langsam um und war wenig überrascht. Hinter ihr standen Maria, Tamara, Tobi und Jonas. Alle vier hatten das typische überhebliche, selbstverliebte Grinsen im Gesicht. Lena schaute sofort wieder auf den Boden und lief langsam in Richtung Schultor. „Ja, hau bloß ab. Aber tritt nicht in die Pfütze dahinten, du hast ja nur das eine Paar Schuhe."

„Und die haben auch noch Löcher." Wer was sagte, konnte Lena nicht genau zuordnen. Sie hörte gar nicht mehr hin. Schnell rein, da war sie erstmal sicher. Hinten im Gang erkannte sie die Lehrerin Frau Bechter, die gerade Aufsicht hatte. Obwohl sie Lena noch nie im Unterricht gehabt hatte, war diese Lehrerin immer sehr freundlich und kannte sogar ihren Namen. Woher wusste Lena nicht.

„Na, Lena. Alles klar bei dir?"

„Ja, Frau Bechter."

„Und, freust du dich auf den Unterricht?"

„Ja."

„Na, du bist ja sehr gesprächig heute. Wohl noch müde." Sie lachte und lief weiter. Lena setzte sich auf die Bank, die an der Seite des großen Ganges stand und wo sie nichts zu befürchten hatte. Hier tat ihr niemand etwas. Das Lehrerzimmer war nur wenige Meter entfernt, und wenn sie Glück hatte, kam Herr Schwarz raus und nahm sie direkt mit. So auch diesmal. „

Auf geht's, Lena. Wir haben viel zu tun heute." Langsam trottete sie ihm hinterher und setzte sich auf ihren Stuhl. Die ersten beiden Stunden waren wieder die Hölle. Gedichte, Gedichte, danach Gedichte und dann zur Abwechslung ein Gedicht. Lena konnte es nicht mehr hören. Sie stellte wieder auf Durchzug und überstand die Doppelstunde ohne eine einzige Meldung und ohne angesprochen zu werden. Ein wahres Wunder.

In Geschichte hatte sie weniger Glück. Die Pause war gerade vorbei, als Herr Schwarz schon wieder angestürmt kam und einen riesigen Stapel Blätter auf sein Pult klatschte. Der Lautstärke des Einschlags nach zu urteilen, waren es 800 Seiten.

„Der Erste Weltkrieg. Unser momentanes Thema. Ihr erinnert euch vielleicht. Die Abschlussprüfungen stehen an und wir Lehrer müssen die Noten bald eintragen. Ihr habt nicht mehr viele Möglichkeiten, um diese zu verbessern. Denkt daran, dass jede Vier und jede Fünf euch die Bewerbungen erschweren. Von Sechsern wollen wir gar nicht sprechen. Ich erwarte also Mitarbeit, und zwar von jedem." Sein Blick wanderte durch den Raum. Lena kannte das schon. Permanente Ansagen, wie wichtig die nächsten Wochen wären. Niemand konnte es mehr hören. Es war Lena auch egal, sie hatte andere Probleme. Sie ahnte bereits, was die vielen Blätter zu bedeuten hatten. Natürlich hatte sie recht.

„Wir schauen uns heute einmal den Verlauf des Krieges an und erörtern, welche Ziele die einzelnen Mächte hatten. Dies erledigen wir in kleinen Gruppen." Lena atmete schneller. Kam jetzt die Steigerung dieser Katastrophe? Natürlich!

„Ich lose die Gruppen wieder aus. Das klappt am besten und geht am schnellsten." Lena fing an zu beten. *Bitte nicht mit Maria und Tamara. Bitte nicht!* Sonst konnte Lena sich mit zwei, drei anderen Mädels, die auch nicht sonderlich beliebt waren, zusammensetzen und sich darauf verlassen, dass niemand sie fertigmachen würde. „Ich habe hier 24 Zettel mit den Zahlen eins bis vier drauf. Es gibt also sechs Gruppen. Wer eine Zahl zieht, tut sich mit den gleichen Ziffern zusammen und holt sich seine Blätter hier vorne ab. Ihr habt 45 Minuten Zeit und bestimmt dann eine oder einen, die oder der dann die Ergebnisse der Gruppe präsentiert. Das wird benotet, also strengt euch an."

Die Klasse kannte das Prozedere. Herr Schwarz machte immer 24 Zettel. Meistens reichte das locker. Es waren eh nie alle gleichzeitig da. Mit einem großen Glas lief er durch die Reihen und ließ jeden Jugendlichen einen Zettel ziehen. Lena zog die Drei. Ohne eine Regung starrte sie nach vorne und betete. Maria war an der Reihe und Lena atmete auf.

„Zwei, cool." Sie grinste. Dann war Tamara dran. „Verdammt, die Drei." Nur Tamara alleine war auszuhalten. Sie war eigentlich nur mit Maria im Doppelpack unausstehlich. *Glück gehabt!* Es hätte schlimmer kommen können.

Doch wie immer hörte Lena sofort, als Herr Schwarz den Tisch der beiden Mädels passiert hatte, Marias eindringliche Stimme. Sie flüsterte auf Matthias ein, der direkt neben ihr saß. Lena verstand nicht genau, worum es ging. Doch als Matthias den Kopf schüttelte, wurde Maria sauer und zischte ihn an. Sichtlich ängstlich übergab er Maria seinen Zettel und erhielt ihren zum Tausch. *O nein, bitte nicht.* Lena hätte es wissen müssen. Maria hatte sich von Matthias die Nummer Drei erschlichen, um mit Tamara in einer Gruppe zu sein. So konnten sie sichergehen, dass beide nichts arbeiten mussten, da die anderen aus Angst alles erledigen würden. Noch wussten sie nicht, dass Lena die gleiche Zahl hatte. Egal, einen Ausweg gab es nicht und Herr Schwarz war ja da. So gab es keinen Stress. Der Lehrer hatte seine Runde beendet und verteilte nun die sechs Stapel Papier an seinem Pult. Als Maria und Tamara realisierten, dass sie mit Lena in einer Gruppe waren, leuchteten ihre Augen. Ein Mädchen namens Jasmin war noch dabei. Lena saß mit ihr seit der fünften Klasse in einem Raum, hatte aber noch nie ein Wort mit ihr gewechselt. Sie wusste aber, dass Jasmin nach der Schule öfter mit Maria und Tamara nach Hause ging. Zumindest war es derselbe Weg. Schlimmer hätte es also gar nicht kommen können. Ach, natürlich könnte es das.

„So Kids, ich habe ein Gespräch mit ein paar Eltern und komme nach der ersten Stunde wieder. Ihr seid alt genug, ihr könnt allein arbeiten. Ich verlasse mich auf euch. Bis gleich." Noch bevor Lena geschockt schlucken konnte, war er verschwunden. „Ey, du Asi! Komm her und setz dich zu uns." Maria sah Lena verächtlich an. „Los jetzt. Wir haben nicht viel Zeit." Sie grinste. „Besser gesagt, du hast nicht viel Zeit." Lena verstand sofort. „Sieh zu, dass der Vortrag in 30 Minuten fertig ist, dass ich und Tamara ihn vorstellen können. Kapiert?" Lena nickte stumm. Während sie anfing, die Texte zu lesen, für die man beinahe eine Lupe bräuchte, holten die drei anderen ihre Handys raus, legten die Beine auf den Tisch und tippten auf ihren Bildschirmen herum. Lena seufzte leise und nahm einen Textmarker, um sich wichtige Passagen zu markieren. Es ging um Deutschland. Wir hatten den Krieg verloren. Das wusste jeder. Aber warum hatten wir ihn begonnen? Lena blickte gar nichts. Vormachtstellung in Europa, Weltmacht, Kolonien, Imperialismus, Wettrüsten. Was soll das? Die Zeit flog bereits jetzt. Lena hatte gerade einmal

ein halbes von vier Blättern gelesen. Anscheinend konnte man ihre Unwissenheit sehen. „Schau ins Handy, wenn du was nicht kapierst. Verstanden?"
Lena nickte.
„Ob du das verstanden hast, habe ich gefragt. Bist du stumm oder was?"
„Ja, habe ich."
„Geht doch. Falls du kein Datenvolumen hast, wovon ich jetzt mal ausgehe, dann hast du eben Pech gehabt. Schreib es gefälligst verständlich und so, dass man es lesen kann."
Lena konzentrierte sich und wurde tatsächlich fertig, noch bevor Herr Schwarz zur Tür hereinkam. Stolz schaute sie auf ihre Mindmap, die sie ordentlich und übersichtlich angelegt hatte. Ein bisschen hatte sie sogar verstanden. Wahnsinn!
„Her damit." Tamara stand neben ihr und riss ihr das Blatt aus der Hand. Zufrieden reichte sie es Maria, die einen prüfenden Blick drauf warf. „Gut, das geht in Ordnung. Nächstes Mal schneller und mit Farben." Wieder nickte Lena und schaute auf ihre Hände. „Wenn der Schwarz Fragen hat, dann wirst du die beantworten. Das ist ja klar." Maria wedelte mit der Hand. „Herr Schwarz, wir würden gerne anfangen." Der arme Kerl konnte kaum ankommen und sich setzen. Die Jugendlichen wussten, dass man einen Bonus bekam, wenn man freiwillig als erstes präsentierte.

„Okay, sehr gerne. Das ist ja eine Motivation. Großartig, Maria." Maria und Tamara standen auf und gingen selbstbewusst nach vorne. „Unser Thema sind die deutschen Kriegsziele. Da wir mit Jasmin alles allein gemacht haben, ist Lena unsere Expertin für alle Fragen, die noch kommen könnten. Damit sie auch mal was macht." Sie trugen Lenas Mindmap großspurig und mit voller Überzeugung vor. Fragen kamen zum Glück keine.

„Wirklich toll, Mädels. So macht man das. Lena, es ist sehr schade, dass du dich nicht beteiligt hast. Interessiert dich die Geschichte deines Landes denn absolut gar nicht?" Lena schüttelte den Kopf. Sie wusste, dass sie damit seinen Zorn steigern würde. Jeder Mensch hat sich für Geschichte zu interessieren, zumindest in der Welt von Herrn Schwarz. „Wir fanden es auch sehr schade, Herr Schwarz. Vor allem, weil es ja sogar um Deutschland geht." Maria klimperte mit den langen Wimpern. „Da hast du leider recht, Maria. Aber schön, dass es euch so gefallen hat und ihr die Wichtigkeit des Themas erkannt habt." Lena konnte Marias ekelhaften Blick nicht ertragen. „Ich gebe euch allen eine Eins. Lena, du bekommst eine Fünf. Du hast ja zugegeben, dass du nichts gemacht hast. Damit steht deine Vier im Zeugnis fest, und zwar haarscharf. Setzt euch bitte, ihr Zwei." Er schaute Lena vorwurfsvoll an und schüttelte leicht den Kopf. „Machen wir weiter."

Der Rest der Stunde dauerte nicht mehr lange. Lena musste noch zwei Vorträge ertragen, von denen einer schlechter als der andere war. Trotzdem verteilte Herr Schwarz nur Dreier. Sie würde wieder die Einzige sein, die mit einer Fünf dabei war. Großartig!

Wenigstens hatte sie auf dem Heimweg Glück. Niemand folgte ihr, keiner war vor ihr. Immer, wenn sie nur vier Stunden hatten, hingen die Mitschüler noch vor der Schule rum. Sie quatschten, rauchten und holten sich Getränke oder Essen im Supermarkt nebenan. Lena war da noch nie dabei gewesen. Das wollte auch niemand. Einsam und erschöpft ging sie nach Hause. Dieser Tag war hart. Wirklich hart. Aber Lena hatte immer noch den Glauben, dass alles besser werden würde. Wie das passieren sollte, wenn sie sich niemandem öffnete, schon gar nicht ihren Eltern oder ihrem Klassenlehrer, wusste sie nicht. Aber einen kleinen Funken Hoffnung, den kann man keinem Menschen nehmen, auch wenn die Lage noch so aussichtslos erscheint. *Wenn Herr Schwarz nur kapieren würde, dass ich die ganze Arbeit gemacht habe. Aber wie kann er das?* Ein absoluter Teufelskreis ohne Ausweg.

18

„Mädels, das war der Hammer! Ich bin so stolz auf euch." Erika holte kurz Luft, dann sprudelte es weiter aus ihr heraus. „Wenn ihr am Sonntag so spielt, dann brauchen wir keine Angst zu haben. Die andere Mannschaft spielt zwar schon viel länger, aber wir werden dagegenhalten und alles geben."

Lena saß völlig fertig in der Kabine und schaute auf den Boden. Ihr war schwindelig. Zwei Stunden war sie gerannt, hatte Pässe und Flanken geübt und sich komplett verausgabt. Ein Tor hatte sie zwar wieder nicht geschossen, aber Erika lobt ihren Einsatz und ihren Willen. Das motivierte sie zusätzlich.

Langsam hob sie den Kopf und ließ ihre Augen über die Gesichter der anderen wandern. Mit ihr waren 16 Mädchen in der Kabine. Es war eng, stickig und es stank fürchterlich nach Schweiß und Rasen. Es waren alle gekommen, selbst Mädchen, die Lena noch nie zuvor gesehen hatte. Alle waren erschöpft, aber zufrieden.

„Zwei haben sich bereits für Sonntag abgemeldet, also haben wir 14 Spielerinnen, mit denen ich planen kann. Das ist super, bedeutet aber auch, dass nicht alle von euch direkt zu Beginn spielen können. Ich hoffe, ihr habt dafür Verständnis. Ich werde heute noch nichts zur Aufstellung sagen, muss mir erst meine Gedanken machen. Denkt daran, es ist ein Freundschaftsspiel. Für die Gegner geht es um nichts. Sie werden aber trotzdem keine Geschenke verteilen, niemand möchte sich blamieren. Ihr könnt also ordentlich Gegenwehr erwarten. Noch dazu sind diese Mädels bereits da, wo wir hinwollen. Ich erwarte von jeder, dass sie ihr Bestes gibt und sich in den Dienst der Mannschaft stellt. Ohne jede Einzelne sind wir kein Team. Vergesst das nicht."

Alle nickten. Sie schaute zu Christina, als erwartete sie, dass diese auch etwas sagen würde. „Ich werde auch am Sonntag erst sprechen. Jetzt sind wir alle zu kaputt. Ich bin von Anfang an dabei, als wir diese Truppe aufgebaut haben. Für mich bedeutet das hier alles sehr viel und ich weiß, dass ihr das genauso seht wie ich." Sie blickte sich um und nickte Lena aufmunternd zu. Lena nickte zurück.

„Gut, dann geht jetzt nach Hause. Ruht euch aus, verletzt euch nicht und bereitet euch auf das Spiel vor. Das heißt: Keinen Alkohol, keine Party und volle Konzentration." Die Mädels klatschten motivierend in die Hände und begannen, sich umzuziehen. Lena duschte bisher immer zu Hause. Sie wollte nicht mit den anderen in diesem winzigen Raum, ohne Klamotten unter der Dusche stehen. Das war ihr zu intim, zu peinlich. Sie fand nicht, dass sie einen hässlichen Körper hatte, doch das ging dann irgendwie zu weit. Da sie aber anscheinend nicht die Einzige war, die das dachte, hatte sie kein schlechtes Gewissen dabei. Sie war hier sowieso noch nie wegen irgendetwas blöd angemacht worden.

Langsam zog sie ihre neuen Fußballschuhe aus. Ein prüfender Blick tat ihr in den Augen weh. Kratzer, Schrammen, Matsch. Es war keine Stelle mehr schwarz oder weiß. „Kopf hoch, Lena. Die Teile sind zum Spielen gedacht und nicht zum Bewundern." Tabea klopfte ihr lachend auf die Schulter. „Geile Teile übrigens. Ich wünschte, meine Eltern hätten auch das Geld, um mir so welche zu schenken. Wenn die am Sonntag nicht treffen, dann weiß ich auch nicht mehr weiter."

Sie hatte recht. Mit den Schuhen wurde gespielt und sonst nichts. Wenn sie genau überlegte, tat das Laufen über den Platz sogar gut. Anfangs hatte sie Angst, da die Schuhe sehr eng waren und etwas drückten. Nach kurzer Zeit wurde das Leder aber weicher und sie passten perfekt.

Kurz darauf war sie angezogen und eilte nach draußen, wo ihre Mutter bereits auf sie wartete. Gut gelaunt stieg sie ins Auto und ließ sich nach Hause bringen. Dort angekommen fiel sie nach einer kalten Dusche erschöpft ins Bett und schlief wenig später ein.

„Aufstehen, Faulpelz!" Lena drehte sich zur Wand und zog die Decke über den Kopf. „Lass mich. Ich bin fertig."

„Los jetzt, ich habe eine Überraschung für dich." Erst jetzt erkannte sie die Stimme ihres Vaters. Sie hob ihre Bettdecke etwas an und musterte ihn. „Was geht denn mit dir ab?" Lena war schlagartig wach und rieb sich verwundert die Augen. Vor ihr stand ein Mann, der offensichtlich ihr Vater war. Allerdings hatte sie ihn so noch nie gesehen. Alte Sportschuhe, einen uralten Trainingsanzug und als Krönung ein Schweißband auf dem Kopf. „Auf geht's, Lena. Ich bin top motiviert. Beweg dich!" Aufgeregt zappelte er auf der Stelle. Lena konnte bereits kleine Schweißperlen auf seiner Halbglatze erkennen. „Was soll das, Papa? Wie spät ist es überhaupt?"

„Wir haben kurz vor acht Uhr, die perfekte Zeit zum Joggen. Habe ich zumindest im Internet gelesen." Er grinste stolz und begann sich zu dehnen. „Joggen? Jetzt? Kurz vor acht?" *Wie lange habe ich eigentlich gepennt?* „Klar, komm schon. Du hast fünf Minuten. Geduscht und gefrühstückt wird danach. Du musst am Sonntag doch fit sein. Ich möchte dir helfen."

Lena hatte verstanden und war leicht gerührt. Ihr Vater war total außer Form. Sein Bauch erinnerte sie immer an einen steinharten Medizinball und sein rundes Gesicht, das schon nach zwei Treppen-

156

stufen knallrot wurde, sah aus wie eine gigantische Tomate. Sie konnte sich nicht erinnern, dass er jemals Sport gemacht hatte. Nach der Arbeit war er immer so überanstrengt, dass er seinen Hintern nur noch vor dem Fernseher parkte. Meistens aß er sogar sein Abendessen vor der Glotze. „Okay, Papa. Ich bin dabei. Aber lass uns langsam machen. Ich will mich nicht verletzen und dich nicht wiederbeleben müssen." Lachend sprang sie aus dem Bett. Die Müdigkeit war verflogen. Rein in ihre Schuhe, ein paar alte Klamotten drüber und los. Sie joggten langsam aus dem Hof, bogen rechts ab über die Ampel und waren kurze Zeit später im Park. Die Luft war angenehm kühl und noch feucht. Ganz anders als abends auf dem Fußballplatz. Lena genoss die ersten Sonnenstrahlen, die sie leicht blendeten.

Neben ihr schnaufte ihr Vater wie eine Dampflock. Lena drosselte nochmals das Tempo, sodass es ihr vorkam, als würden sie etwas schneller spazieren gehen. Ob ihr diese Aktion etwas für ihre Fitness bringen würde, bezweifelte sie. Aber darum ging es nicht. Zum ersten Mal seit Ewigkeiten machte sie etwas zu zweit mit ihrem Papa. Kein Zwang durch ihre Mutter, die manchmal darauf Wert legte, dass sie als Familie etwas unternahmen, was sie und ihr Vater dann immer widerwillig erledigten, nur um dann wieder allein in der Wohnung zu hocken. Sie in ihrem Zimmer am Handy, er im Wohnzimmer vor dem Fernseher.

„Weißt du, Lena. Ich habe heute Nacht nachgedacht. Konnte nicht schlafen. Es tut mir sehr leid, dass ich nicht immer für dich da war in den letzten Jahren."

„Ist schon gut, Papa."

„Nein, hör mir zu. Gar nichts ist gut. Wir sind nicht blind. Uns ist klar, dass du Probleme in der Schule hast und wir dir da nicht helfen können. Du sagst nichts, wir stellen uns taub. Das ging schon viel zu lange so. Ich habe immer meine Arbeit vorgeschoben, das ist aber keine Entschuldigung. Jetzt, wo ich sehe, wie du aufblühst in dieser Fußballmannschaft, merke ich erst, dass ich viel versäumt habe. Geht es dir denn gut? Wirst du deinen Abschluss schaffen?" *Geht es mir gut?* Lena musste die Worte mehrfach in Gedanken aufsagen. Lange hatte sie das niemand mehr gefragt. Zumindest niemand aus ihrer Familie. Sonst gab es ja keinen, den das interessieren würde. Sie musste kurz überlegen. Die Antwort fiel ihr gar nicht so schwer, wie sie zunächst dachte. „Ja, Papa. Irgendwie schon. Die Schule werde ich schon schaffen. Jetzt die Hauptschulprüfung, nächstes Jahr die mittlere Reife und dann raus aus der Schule. Ich kriege das hin, macht euch keine Sorgen. Ich strenge mich noch mehr an als ..."

Ihr Vater stöhnte auf und klappte wie ein schief angelehnter Besen auf eine Bank am Rand des Weges. Erst jetzt sah Lena, dass er schweißgebadet war und schnaufte wie ein Walross. Besorgt setzte sich Lena neben ihn und schaute auf die Uhr. Zehn Minuten. Länger waren sie nicht unterwegs. „Papa, was hältst du davon, wenn ich noch ein paar Meter allein laufe und du schon mal langsam heimgehst? Ist alles in Ordnung."

Langsam richtete er sich auf und schnappte nach Luft. Seine Lippen erinnerten Lena an die eines Karpfens, der zu lange aus dem Wasser schaute und nun merkte, dass er gleich ersticken würde. „Das ist eine gute Idee. Du bist mir hoffentlich nicht böse." Gequält lächelte er und wischte sich über die Stirn. Das Schweißband nütze gar nichts. Es war bereits pitschnass, als sie das Treppenhaus verlassen hatten. „Quatsch, Papa. Ich weiß das sehr zu schätzen. Danke. Wie wäre es, wenn wir heute Nachmittag zusammen Bundesliga schauen und du mir noch ein paar Tipps gibst, was ich am Sonntag beachten kann?" Verblüfft starrte er sie an. „Du willst mit mir Fußball schauen?"

„Klar, warum nicht? Du hast mich vorher nie gefragt." Schockiert und betreten blickte er sie an. Lena musste lachen. „Das war ein Spaß, Papa. Fußball hat mich doch bis vor ein paar Wochen null interessiert. Total langweilig. Bäh! Jetzt sehe ich das anders. Vielleicht kann ich ja von den Vollprofis noch was lernen.

Oder von dir." Sie umarmte ihn und lief weiter. Nach wenigen Metern sah sie sich um. Die Bank war leer und sie konnte ihren Vater noch als gebückten Umriss in der Ferne erkennen. Lena atmete tief ein und zog das Tempo an. *Am Sonntag werde ich alles geben. Sie werden stolz auf mich sein.* Nach einer Stunde kam sie nach Hause und sprang sofort unter die Dusche. *Morgen zeige ich allen, dass ich doch zu etwas gut bin!*

19

„Fußballschuhe, Schienbeinschoner, Wasser, Klamotten, Duschzeug, Handtuch. Das dürfte alles sein."

„Bist du dir sicher?" Lena schaute nochmal in ihre Tasche und nickte ihrer Mutter zu. „Na dann, los! Wir fahren alle zusammen!"

„Aber das Spiel geht doch erst in zwei Stunden los. Ich fahre gerne mit dem Fahrrad."

„Nein, wir wollen pünktlich sein und dich schon von Anfang an unterstützen. Keine Widerrede."

Sie schmunzelte und fuhr Lena durch die Haare. „Das wird super. Ich bin wirklich stolz auf dich. Und jetzt Abmarsch. Zeigt den anderen Mädels mal, wie man Fußball spielt."

Zusammen gingen sie zum Auto, in welchem Lenas Vater schon aufgeregt saß und es kaum erwarten konnte, endlich loszufahren. „Da seid ihr ja endlich. Alle einsteigen! Der Stadionexpress fährt los. Tut, Tut!" Lena schüttelte den Kopf, musste aber innerlich lachen. Sie hatte ihre Eltern lange nicht mehr so gut gelaunt gesehen. Eigentlich ging alles viel zu schnell. Dieser kurze Abschnitt in Lenas Leben erschien ihr fremd, wie reinkopiert. Aber er war real, und jedes Mal, wenn sie das realisierte, musste sie vor Glück grinsen. Die jahrelangen Probleme in der Schule, die Angst vor ihren

Mitschülern und vor dem Unterricht, der Notendruck waren zumindest für einen kurzen Moment vergessen.

Kaum hatte sie ihre Gedanken beendet, bog ihr Vater auch schon auf den Schotterplatz ein, wo man seine Autos parken konnte. Das große Schild „Der Verein haftet nicht für Schäden an den Autos" ignorierte jeder. Besser als zehn Minuten zu Fuß vom Parkhaus hochzulaufen. Lena war erstaunt. Obwohl der Treffpunkt erst in 20 Minuten war, standen alle Spielerinnen schon vor der Kabine und unterhielten sich wild gestikulierend. „Na, sei mal froh, dass wir so pünktlich losgefahren sind." Ihre Mutter schaute auf die Mädchengruppe. „Die sehen aber nett aus."

„Ja, das sind sie auch. Also, bis später. Und schreit bitte nicht über den ganzen Platz. Ich mach das erst seit ein paar Wochen." Noch bevor ihre Eltern antworten konnten, war Lena aus dem Auto gesprungen, hatte ihre Tasche geschnappt und rannte auf die Mädels zu.

„Hey, Lena. Bist du fit?" Christina wirkte wie immer furchteinflößend, aber unglaublich herzlich und sympathisch. „Heute gilt es. Wir müssen alles geben."

„Ich werde eh nicht spielen, denke ich." Lena schaute sie etwas bedrückt an.

„Das wollen wir ja mal sehen. Bis jetzt sind wir genau elf. Du musst also sogar spielen, selbst wenn du nicht willst." Lena zählte durch und nickte.

162

Sie konnte es nicht fassen. 90 Minuten volles Programm. Genial! Die Freude endete abrupt, als ein kleines schwarzes Auto um die Ecke bog und die drei fehlenden Mädchen ausstiegen. *Verdammt, das gibt's doch nicht. Dabei haben die kaum trainiert die letzten Wochen.* Lena fluchte in Gedanken, konnte aber nichts ändern. Sie war selbst noch nicht lange dabei und hatte eigentlich gar kein Recht, sich aufzuregen. Und wenn sie nur zehn Minuten spielte, Hauptsache, sie konnte einen Teil zum Erfolg beitragen. Deshalb umarmte sie ihre Rivalinnen trotzdem und freute sich einfach, dabei zu sein.

Ein Klacken an der Tür ließ sie herumfahren. „Guten Morgen, ihr Vollprofis." Erika streckte ihr rotes, lachendes Gesicht durch die Tür. „Rein mit euch. Ich habe eine Überraschung."

Dicht gedrängt und mit großer Vorfreude liefen sie wie eine Herde Schafe durch den engen Gang. Lena war ganz hinten, und konnte aber schon die ersten Jubelschreie von vorne hören. Gespannt lugte sie um die Ecke und konnte es nicht glauben. Sorgfältig auf den einzelnen Plätzen zusammengelegt, lagen Trikots samt Hose und Stutzen. Jedes Trikot hatte eine Nummer und der Name stand groß darüber. „Lena 22." Wie ihr Geburtstag. Sie war fassungslos. „Ich halte nichts davon, die uralten Nummern von eins bis elf zu vergeben und der Rest hat

163

dann blöde Ersatznummern. Deshalb habe ich euern Geburtstag genommen. So ist es egal, wo und wann ihr spielt. Ich hoffe, die Überraschung ist mir gelungen."

„Erika, was eine Frage. Das ist der Hammer." Christina fiel ihr strahlend in die Arme. „Wie konntest du dir denn sowas leisten? Das hat doch ein Vermögen gekostet."

„Das hat uns gar nichts gekostet. Tony, mein Kumpel unten aus der Stadt, hat doch die Druckerei. Er schuldete mir noch einen Gefallen und da habe ich mir das überlegt. Als Gegenleistung hat er sein Firmenlogo vorne draufgedruckt. Es ist also sozusagen unser erster Sponsor." Sie grinste stolz. „Auf jetzt. Zieht euch um, macht euch warm und kommt um halb in die Kabine, damit wir nochmal sprechen können. Es geht auch um die Aufstellung."

In Windeseile waren sie umgezogen und rannten zum Sportplatz. Dieser war frisch gemäht, die Linien waren kerzengerade und schneeweiß. Das war niemand gewohnt. Immer wenn sie freitags trainierten, sah der Platz grauenhaft aus. Er wurde immer erst am Sonntagmorgen, direkt vor dem Spiel der Männermannschaft hergerichtet.

Zunächst liefen sie gemeinsam ihre Bahnen. Niemand redete. Alle waren konzentriert und dachten über ihre Positionen nach. Lena war aufgeregt. Es war ihr klar, dass sie niemals von Anfang an spielen würde. Aber wenigstens ein paar Minuten, das wäre toll!

„Ab an den Ball. Hopp, hopp!" Christina leerte das Netz mit den Bällen und schoss sie in die Runde. Lena stoppte die Lederkugel und passte sie zu Tabea weiter. „Spielt euch die Bälle zu und bewegt euch dabei. Es darf gerne etwas schneller sein. Los, Lena!" Kaum hatte sie ihren Satz beendet, drosch sie den Ball mit voller Wucht auf Lena zu. Sie versuchte, ihn mit der Brust zu stoppen, und wurde mindestens drei Schritte nach hinten gestoßen. Der Ball blieb genau vor ihr liegen. Christina lachte und rannte weiter. Lena rieb sich den Oberkörper. Volltreffer! Sie drehte sich um und lief zum Mittelkreis.

Nach einem schnellen Blick nach links blieb sie plötzlich ehrfürchtig stehen. Ihr klappte der Mund nach unten. Ihren Mitspielerinnen ging es nicht anders.

Ihre Gegnerinnen waren angekommen und stolzierten mit erhobenem Kopf über den Parkplatz. Lena zählte zwölf Mädchen, die fast alle an die Statur von Christina herankamen. „Wie sollen wir die schlagen?" Tina schüttelte den Kopf. „Die hauen mir ja jeden Ball um die Ohren." Christina musste kurz schlucken, dann fand sie ihre Stimme wieder. „Habt ihr es nicht kapiert? Es geht nicht darum, dass wir hier zweistellig gewinnen. Die Leute wollen sehen, ob sich unsere

Frauenmannschaft lohnt. Ob es Spaß macht, uns zuzuschauen. Wir müssen kämpfen und ein aufregendes Spiel bieten. Gewinnen ist zweitrangig. Kapiert?" Lena war beruhigt. So hatte sie es noch gar nicht gesehen. Sie spielten noch in keiner Liga. Es ging wirklich nicht um Punkte. Natürlich wäre ein Sieg phänomenal, aber Christina hatte recht. Sie drehte sich um und begann sich zu dehnen.

Nach einer guten halben Stunde wurden sie in die Kabine gerufen. Dort hatte Erika bereits eine große Tafel aufgebaut, wo sie die Namen der Mädels einzeichnete. „Setzt euch. Ich habe es mir nicht leicht gemacht. Drei von euch müssen erstmal auf die Bank. Denkt aber dran, wir brauchen euch. Es kann sich schnell eine verletzten oder keine Luft mehr haben. Viele von euch haben sehr selten trainiert. Lena, Emma und Lara sitzen zunächst draußen. Ihr seid alle noch nicht so lange dabei und seht es bestimmt ein." Die drei Mädels nickten. Lena war damit völlig zufrieden. „Passt auf. Ich werde hier jetzt keine große Ansprache halten. Ihr wisst, worum es geht. Liefert hier einfach eine gute Show ab. Denkt daran, was wir gelernt haben, um was es beim Fußball geht. Um Einsatz, Teamgeist und vor allem Spaß. Genießt es, macht euch keine Sorgen um Niederlage oder Sieg. Darum geht es nicht.

Wenn ihr Spaß habt, dann kommt alles von alleine. Seid ihr bereit?"

„Jawoll!"

Gemeinsam verließen die Mädchen ihre Kabine und näherten sich dem Spielfeld. Lena traute ihren Augen nicht. Sie zählte mindestens 50 Menschen, die am Spielfeldrand standen und neugierig auf sie starrten. „Unglaublich. So viele sind teilweise nicht mal bei den Jungs da." Tabea lachte laut und freute sich. Vom Parkplatz kamen immer mehr Leute. Sogar die Männermannschaft lehnte bereits in Trainingsanzügen an der Bande und schaute zu ihnen rüber. Lena war erleichtert. Sie kannte absolut niemanden. Nur ihre Eltern natürlich, die direkt an der Seitenlinie standen und ihr fröhlich zuwinkten. Als sie den ersten Fuß auf den Rasen setzten, begann die Menge zu klatschen und zu jubeln. „Auf geht's, Mädels. Haut sie weg. Die können nichts!" Das waren die Jungs. Sie waren anscheinend wirklich gekommen, um sie zu unterstützen, nicht um sie auszulachen. Lena war das einfach nicht gewohnt. Wie krankhaft war sie überhaupt veranlagt? Sobald sie fremde Menschen sah, rechnete sie mit dem Schlimmsten. Mit einer Demütigung, einer Gemeinheit. „Self-Fulfilling-Prophecy, also selbsterfüllende Prophezeiung." So hatte es Frau Dr. Wünsch mal in einer ihrer Sitzungen genannt. Jetzt erkannte Lena, was sie damit meinte. Je mehr sie selbst daran

glaubte, dass gleich etwas Schlimmes geschehen würde, desto wahrscheinlicher
wurde dies. Aber nicht heute. Lena
schaufelte alle schlechten Gedanken beiseite und winkte ihren Eltern zurück. *Positive Erwartungen könnten doch auch
selbsterfüllend sein, oder? Warum die
Theorie nicht umdrehen? Glaubt man daran, dass etwas Schönes passieren
würde, dann tritt das vielleicht automa-
tisch ein?* Gemeinsam mit Emma und
Lara setzte sie sich auf die Bank, die von
einem kleinen Unterstand umgeben war.
So war sie etwas abgeschirmt und
konnte sich voll auf das Spiel fokussieren. Erika nahm neben ihr Platz und
legte den Arm um sie. „Du kriegst deine
Chance, Lena. Versprochen. Jetzt ent-
spann dich und genieße die Show." Beide
Trainerinnen hatten sich darauf geeinigt,
dass man das Spiel so realistisch wie
möglich gestalten sollte. Es durfte also
dreimal gewechselt werden und nicht
mehr zurück. Wer draußen war, der
konnte nicht mehr auf den Platz zurück-
kehren. Der Schiedsrichter der Männer
hatte sich bereit erklärt, zwei Stunden
früher zu kommen und das Spiel der
Frauen zu pfeifen. Er war bekannt. Für
ein Bierchen und eine Bratwurst nach
dem Spiel tat er alles.
Beide Mannschaften standen sich nun
gegenüber. Christina und die Kapitänin
des anderen Teams gaben sich die Hand.
Lena hätte niemals gedacht, dass es

noch mehr Mädchen wie ihre Spielführerin geben würde. Hier sah sie eine ganze Mannschaft von Christinas. Der Schiedsrichter fragte die Gegnerin nach der gewünschten Farbe und warf die Münze hoch. An der Reaktion konnte Lena erkennen, dass Christina die Seitenwahl gewonnen hatte und mit ihrer Mannschaft so stehen blieb. Es war klar, was sie vorhatte. In der zweiten Halbzeit wollte man auf das Tor spielen, hinter dem die meisten Fans von ihnen standen. Als zusätzliche Motivation. Die Kontrahenten hatten damit Anstoß. Alle klatschten nochmal in die Hände, riefen sich Mut zu und ein paar Sekunden später pfiff der Schiedsrichter das Spiel an.

20

Lena rieb sich die Augen und war sprachlos. Genau wie alle anderen auf dem Sportplatz. Es waren keine zwanzig Sekunden gespielt und der Ball lag hinter Tina im Netz. Die schaute ungläubig auf ihre Hände, dann auf den Ball. Wie war das passiert? Die gegnerische Spielerin hatte den Ball vom Anstoßpunkt zurückgespielt und war sofort Richtung Tor gesprintet. Ihre Mitspielerin nahm kurz Maß, visierte irgendeinen Punkt in der Ferne an und katapultierte den Ball mit einer Wucht nach vorne, dass es einen Schlag tat, den man wahrscheinlich noch kilometerweit entfernt hören konnte. Während Lenas Freundinnen staunend dem Ball hinterherschauten, stoppte die Spielerin, die Anstoß hatte, diesen, drehte sich einmal um sich selbst und schoss ihn mit ganzer Kraft an Tina vorbei in den Winkel. Diese zuckte nicht einmal.

Während sich die Gegnerinnen umarmten und abklatschten, fand Christina als erstes die Fassung wieder und feuerte ihre Kameradinnen an. „Auf geht's, Mädels. Das passiert uns nicht nochmal." „Macht hinten dicht und konzentriert euch. Schaut auf den Ball und habt keine Angst." Jetzt hatte auch Erika ihren Schrecken überwunden und klatschte aufmunternd in die Hände.

„Denkt daran, was wir monatelang im Training gelernt haben!"

Es nützte nichts. Die erste Halbzeit war schneller vorbei als man bis zehn zählen konnte. In dieser Zeit hatten Lenas Mitspielerinnen keinen einzigen Torschuss verbuchen können. Sie waren nicht mal an den gegnerischen Strafraum gelangt. Jeder Pass wurde abgefangen. Die anderen Mädchen gewannen jeden Zweikampf und jedes Kopfballduell. Es war immer ein Bein dazwischen. Mittlerweile stand es 4:0, was anhand der unzähligen gegnerischen Chancen praktisch eine großartige Leistung war. Es schien ein Trainingsspiel zu werden und Lenas Mannschaft war nichts weiter als ein Mittel zum Zweck. Sie bewunderte die Gegnerinnen. Es schien, als wäre es eine Mannschaft aus elf Christinas. Alle muskulös und groß gewachsen, mit einer schier endlosen Kondition. Dabei aber absolut fair und diszipliniert.

„Ab in die Kabine!" Hörte Lena Erika rufen. Dort angekommen, setzten sie sich alle nebeneinander, tranken Wasser und schauten bedrückt zu Boden. Niemand sagte etwas. „Jetzt ruht euch kurz aus, dann besprechen wir das weitere Vorgehen. Wichtig ist jetzt ..." Mit einem Ruck wurde die Kabinentür aufgerissen und ein älterer Mann mit Anzug stürmte herein. „Herr Vorstand Weber. Schön, dass Sie da sind." Erika wollte ihm die Hand

geben, welche er jedoch bewusst ignorierte.

„Sagt mal, Mädels. Ist das euer Ernst?"
Er hatte Schweißtropfen auf der Stirn
und seine kleinen Augen, die unruhig
hinter seiner Brille hin und her wanderten, stierten in die Runde. „Kapiert ihr
überhaupt, um was es hier geht? Ich
möchte euch für die Liga anmelden und
ihr liefert so eine Show ab? Geht's euch
noch gut? Wenn ihr keine Lust habt,
dann sagt es und ich muss nicht extra
eine andere Mannschaft einladen, die
euch hier abschlachtet. Ihr könnt froh
sein, dass es nur vier Gegentore waren.
Hätten die richtig gespielt und ihre
Chancen verwandelt, würdet ihr schon
zweistellig hinten liegen. Ihr müsst nicht
gewinnen, aber hier sind fast mehr Zuschauer als bei den Jungs und die wollen
was sehen. Ihr geht jetzt da raus und
zeigt mir, dass ihr es wirklich wollt, sonst
könnt ihr hier gleich sitzen bleiben." Das
hatte gesessen. Er drehte sich um und
verschwand genauso schnell wieder, wie
er gekommen war. Die Tür knallte und es
blieb nur noch eine Wolke seines penet-
ranten Aftershaves im Raum stehen.

„Es tut mir leid, aber er hat recht. Man
kann es anders sagen, aber er hat einfach recht. Was ist los mit euch? Habt ihr
Angst?" Erika schüttelte den Kopf.

Tabea schaute in die Runde. „Die sind
doch unmenschlich. Egal, was wir versuchen, sie sind immer einen Schritt eher

am Ball. Ihre Pässe kommen unglaublich genau an und ihre Schüsse sind so stramm, ich sehe den Ball kaum noch, wenn er fliegt. Was sollen wir dagegen ausrichten? Vielleicht sind wir wirklich noch nicht so weit."

„Sowas will ich gar nicht hören!" Christina sprang auf. „Wir trainieren seit Ewigkeiten, zweimal die Woche. Haben uns so auf diesen Tag gefreut und jetzt wollt ihr aufgeben?" Sie schaute jedem Mädchen in die Augen. „Ich werde nicht aufgeben. Wir gehen jetzt da raus und halten dagegen. Ein Tor, ein einziges Tor. Egal wie! Das ist unser Ziel. Wir müssen härter spielen, nicht unfair, sondern härter. Wir müssen die Pässe verhindern, bevor sie sie spielen können. Wir werden auf ihren Füßen stehen. Wir können verlieren, klar. Das werden wir auch, aber ihr habt es gehört. Man will uns kämpfen sehen. Und das kriegen wir hin. Enttäuschen wir die Zuschauer nicht und zeigen, was wir können. Wir haben den ganzen Sommer, bis die Liga losgeht. Da können wir täglich trainieren, also los. Seid ihr dabei?" Alle Mädchen stimmten ihr zu, klatschten in die Hände und feuerten sich an. Demütigen lassen wollte sich niemand.

„Lena, du gehst ganz vorne rein." Was? Ihr Name? Lena drehte sich zu Erika, die sie aufmunternd anschaute. „Du schaffst das. Jenny ist platt und jetzt beweist du, dass du dazugehörst." Lena zitterte am ganzen Körper. Was war jetzt los? Sie war so dermaßen aufgeregt, dass sie kein Wort sagen konnte. „Los, Mädels. Zeigen wir denen, dass wir auch Fußball spielen können!" Christina zog ihre Stutzen nach oben, rückte ihren Zopf zurecht und sprang auf.

Lena starrte schüchtern auf die schwarz-weiße Kugel, die im Mittelkreis vor ihren Füßen lag. Sie hatten nun Anstoß und wollten beweisen, dass sie nicht umsonst so hart trainiert hatten. Lena überlegte, was sie gleich machen würde. Wo würde sie hinrennen? Würde sie überhaupt jemand anspielen? Was wäre, wenn sie eine Chance vergeben würde? Der Pfiff des Schiedsrichters riss sie aus ihren Gedanken. Sie hob den Kopf und passte den Ball nach hinten zu Tabea. Diese legte quer zu Christina, die weiter nach außen spielte. Lena rannte nach vorne und wartete auf den Ball. Tabea hatte sich diesen erneut geschnappt und sprintete die Linie entlang Richtung Eckfahne des Gegners. Die Ansprache in der Kabine schien allen neue Kräfte gegeben zu haben. Man merkte aber bereits jetzt, dass ihre Kontrahenten einen Gang zurückgeschaltet hatten. „Lena, für dich!" Lena blickte nach oben und sah den Ball, der sich bedrohlich senkte und vor ihren Füßen landete. Schockstarre! Wo waren die Gegnerinnen? Lena realisierte, dass sie völlig frei am Sechzehnmeterraum stand. „Schieß, Lena, schieß!"

Sie holte aus, visierte den rechten Winkel des Tores an und zog voll durch. Dort wo der Ball hätte sein müssen, war Luft. Nichts als Luft. Lena wurde nach hinten gerissen und landete unsanft auf dem Rücken. Nicht getroffen! Sie hatte tatsächlich am Ball vorbeigetreten. Wie im Training. Sie hörte das Lachen der Zuschauer, die sich mittlerweile über das Spiel zu amüsieren schienen. Noch bevor sie weiter nachdenken konnte, erschien Tabeas Gesicht über ihr und sie wurde von ihrer starken Hand nach oben gezogen. „Passiert, Lena. Weiter geht's!" Lena schämte sich und wollte im Erdboden versinken. „Auf geht's, Lena! Nicht aufgeben, der nächste passt!" War das ihr Vater? Lena schaute zur Seitenlinie, wo ihre Eltern standen und ihr zujubelten. *Loben die mich gerade? Feuern die mich an?* Lena war überwältigt. Der Ball rollte bereits, als sie endlich ihre Fassung wiederfand und weiterspielte. Die Partie verlief wie erwartet und sie kassierten weitere zwei Gegentreffer. Dann ging aber erneut ein Ruck durch die Mannschaft. Es schien, als wären nun alle Hemmungen gefallen und man akzeptierte die Dominanz des Gegners. Das führte allerdings nicht zur Selbstaufgabe, sondern dazu, dass man die Angst verlor und endlich frei spielte. Die Pässe kamen an und man versuchte, früher am Ball zu sein als die Gegnerinnen. Manchmal gelang das auch. Lena schaute immer wieder zur Seitenlinie und bemerkte Herrn Weber, der die rote Farbe verloren hatte und scheinbar interessiert zuschaute. Sie schafften es, Bälle über mehrere Stationen zu passen, und liefen sich danach immer wieder frei. Die gegnerische Mannschaft war sichtlich überrascht, nahm es aber wohlwollend zur Kenntnis. Sie würden gewinnen, haushoch. Das war klar.

Nun musste es kurz vor Schluss sein, das Spiel plätscherte so dahin und die Mädels konnten immerhin zeigen, dass sie ballsicher waren. Lena stand nach einem Angriff der Gegnerinnen an der Mittellinie und bekam den Ball von Tabea zugespielt. In diesem Moment erinnerte sie sich an die Trainingseinheit, die erst letzte Woche absolviert worden war. Sie ließ den Ball prallen, drehte sich um die eigene Achse und spurtete die Seitenlinie entlang. Kein Blick zurück, nur nach vorne. Ihre Lunge brannte, doch sie wollte nicht aufgeben.

„Lena, los!" Tabeas Stimme hallte in ihren Ohren und sie sah bereits die Eckfahne vor sich. Wo war der Ball? Das hatten sie doch trainiert? Warum spielte ihr niemand die Kugel zu? Kurz vor einer Kollision mit der Fahne, fiel ihr das runde Leder vor die Füße. Lena war höchstens zwei Meter von der Linie entfernt und hatte keine Zeit, nachzudenken. Im Training hatte sie keine Flanke in die Mitte gebracht. Immer zu weit, zu kurz oder über den Ball getreten. Diese Gedanken hatten nun keinen Platz in ihrem Kopf. Sie trat mit all ihrer Kraft gegen den Ball und merkte sofort, dass sie ihn voll erwischt hatte. Die Münder an der Seitenlinie standen offen und verfolgten die Flugbahn. Lena blinzelte gegen die Sonne und hielt den Atem an, während sich der Ball in die Strafraummitte senkte und direkt vor Tabeas Füßen landete. Diese holte aus und versenkte den Ball eiskalt in der Ecke. Keine Chance für die Torhüterin. Es herrschte ein kurzer Moment absolute Stille. *Was ist los? Träume ich mal wieder?* Lena wurde umgerissen und von mehreren Körpern begraben. Sie bekam kaum Luft. Verzerrt und dumpf hörte sie den Jubel der Zuschauer. „Was eine Flanke, du alte Granate!" Christina küsste ihren Hinterkopf. „Wahnsinn! Das Tor gehört dir! Den konnte ich gar nicht vorbeischießen!" Tabea lachte und half Lena nach oben. Endlich konnte sie wieder klarsehen und erkannte, dass es kein Traum war. Sie hatte den Ball perfekt getroffen und ihn punktgenau zu Tabea gepasst. „Manchmal ist es wohl besser, wenn man keine Zeit zum Nachdenken hat!" Sie zitterte erneut. Doch diesmal war es nicht die Art von Zittern, die sie kannte. Es war etwas anderes. Freude! Glück! Stolz! Die letzten fünf Minuten verliefen ohne weitere Tore und Lena sehnte den Schlusspfiff herbei.

21

„Na, dann erstmal herzlichen Glückwunsch. Das war ein tolles Spiel. Ich habe jede Sekunde mitgefiebert. Und es hat geklappt, ihr seid sicher alle sehr stolz auf euch." Frau Dr. Wünsch strahlte Lena an. Diese schmiegte sich zufrieden in das weiche Leder ihrer Liege. „Ja, Herr Weber kam danach in die Kabine und hat uns mitgeteilt, dass er uns anmelden wird. Wir waren am Anfang sehr nervös und haben uns dann aber angestrengt."

„Und du hast die Flanke zum Anschlusstreffer gegeben. Sehr beeindruckend. War das so gewollt?" Die Ärztin grinste. „Natürlich sollte der Ball dahin, aber dass er dann auch ankam, war eher Zufall, denke ich." Lena musste lachen und Frau Dr. Wünsch stimmte ein. „Na ja, egal. Hauptsache, es hat geklappt. Habt ihr schön gefeiert?"

„Ja, den ganzen Abend saßen wir in der Kabine. Sogar meine Eltern waren kurz da und haben mich dann abgeholt, als es später wurde."

„Und wie fühlt es sich nun an, Teil eines Teams zu sein? Kanntest du dieses Gefühl überhaupt?"

„Es ist etwas ganz Neues für mich. Niemand ärgert mich, niemand lacht oder schimpft, wenn ich einen Fehler mache. Leider ist jetzt Sommerpause und es geht erst in zwei Monaten richtig los. Das

Training beginnt in sechs Wochen. So lange muss ich warten."

„Ich würde sagen, dass das passt. Du hast jetzt andere Probleme. In drei Wochen ist deine Abschlussprüfung und in fünf Wochen ist das Schuljahr vorbei. Dann hast du eine Woche ganz für dich, bis der Fußball wieder startet. Hast du was geplant?"

„Bisher nicht. Ich konzentriere mich jetzt auf die Schule. Auf meinen Abschluss und auf das letzte Schuljahr danach. Die Mannschaft hat mir Kraft gegeben und ich werde das in die Schule mitnehmen. Ganz sicher."

„Klingt gut. Hast du mal nachgedacht, ob dir ein letztes schönes Erlebnis eingefallen ist?" Die Ärztin blickte sie aufmunternd an. Lena schüttelte den Kopf. „Nein, es hat sich nichts verändert. Ich sitze meine Zeit ab, halte den Kopf unten und versuche, jeden Ärger zu vermeiden. Freundinnen finde ich eh nicht mehr. Aber ich habe jetzt ja mein Team. Mit denen möchte ich mich auch mal privat treffen."

„Gut, Lena. Dann beenden wir die Sitzung für heute mal. Ich habe noch einen wichtigen Termin und deine Mama wartet unten sicherlich schon. Die Stunde heute werde ich euch natürlich nicht berechnen. Wir sehen uns noch zweimal. Ich freue mich auf nächste Woche." Sie gaben sich die Hand und Lena verließ die Praxis. Sie konnte es noch immer kaum

glauben. Sie spielte in der einzigen Mäd-
chenmannschaft der Stadt und würde im
nächsten Jahr am Wochenende an richtigen Spielen gegen echte Gegnerinnen
teilnehmen. Unfassbar. Dafür würde sie
alles tun. Täglich mit dem Fußball zur
Schule laufen. Mit dem Ball am Fuß wieder zurückrennen. Es war machbar. Sie
brauchte keinen Bus, kein Fahrrad,
keine Mutter, die sie täglich zur Schule
fuhr. Was gab es Besseres, als an der fri-
schen Luft ihre Kondition und ihr Ball-
gefühl zu trainieren. Schon morgen
wollte sie es ausprobieren. Es war Sommer, regnen würde es eh nicht.
„Hey, mein Schatz." Sie wurde aus ihren
Gedanken gerissen. „Komm, wir müssen
los. Ich muss nochmal zur Arbeit." Ungeduldig zog ihre Mutter an ihrem Arm.
„Und denk dran, heute Abend wollen wir
zusammen Essen gehen. Zur Feier deines Sieges vom Wochenende." „Ja,
Mama. Ich komme doch." Sie fuhren
schweigend nach Hause, wo Lena abge-
setzt wurde und sofort in ihr Zimmer
stürmte, während ihre Mutter wieder los-
fuhr. Ihr Vater war noch nicht daheim
und Lena genoss die Ruhe in der Wohnung. Ihren Handyzwang hatte sie, ohne
es aktiv zu wollen, gänzlich reduziert. Sie
schaute noch ab und zu Fußballvideos,
checkte die Ergebnisse der Bundesliga
oder chattet in der Trainingsgruppe ihrer
Mannschaft, wo sie endlich Mitglied war.

Ihre freie Zeit verbrachte sie an ihrem Schreibtisch und lernte. Es machte ihr nichts aus. Komischerweise hatte sie sogar Spaß daran. Sie würde es allen zeigen. Warum sollte so etwas, was auf dem Sportplatz möglich war, nicht auch in der Schule funktionieren? Hätte sie das bloß mal früher kapiert. Aber es war noch nicht zu spät. Während sie über ihre Deutschhausaufgabe nachdachte, malte sie kleine Fußbälle auf ihre Schreibtischunterlage. Wie würde es wohl nächste Saison werden? Würde sie besser werden und auch mal von Anfang an spielen? *Schluss jetzt, Lena! Reiß dich zusammen. In sechs Wochen darf dich das kümmern, nicht jetzt!* Sie legte den Bleistift zur Seite und stürzte sich in das Gedicht, welches sie analysieren sollten. *Finde alle Metaphern! Okay, sollte doch machbar sein. Bloß nicht in die Lösungen schauen. Was war das nochmal? Richtig, ein sprachliches Bild. Es steht etwas da, es ist aber etwas anderes gemeint.*

„Bedeutungsübertragung" hatte es Herr Schwarz genannt. *Aha, hier steht „der Feuerball am Himmel lacht". Das könnte etwas sein. Ist das sogar eine Personifikation? Gegenstände haben menschliche Eigenschaften. BINGO!* Stolz unterstrich Lena den Satz mit zwei Farben und schrieb „Feuerball=Sonne=Metapher" daneben. *Gar nicht schwer, weiter geht's!* So verging die Zeit wie im Flug, und nachdem sie das gesamte Gedicht

181

analysiert und danach noch ihre Mathe-
hausaufgaben erledigt hatte, schaute sie
erschöpft auf die Uhr. *Oje, gleich halb
sechs. Ich mach mich besser mal fertig.*
Sie hatte gar nicht mitbekommen, wie
ihre Eltern nacheinander nach Hause
gekommen waren und bereits seit einer
halben Stunde das einzige kleine Badezimmer blockierten.

„Also, Lena. Du hättest dich längst umziehen können. Was soll denn das? Du
weißt, dass wir essen gehen wollten. Das
kommt eh nur einmal im Jahr vor. Jetzt
aber schnell!" Ihr Vater tippte ungeduldig auf seine Uhr am Handgelenk. „Ja,
Papa. Tut mir leid. Ich habe Hausaufgaben gemacht."

„Was hast du? Hausaufgaben? Seit wann
denn das?" Das hatte gesessen. „Ich er-
kenne meine Tochter ja gar nicht mehr
wieder." Lachend nahm er sie in den
Arm. „Komm, deine Mutter wird gleich
fertig sein. Zieh dich um und dann los.
Der Tisch ist für 18 Uhr reserviert. Ich
will nicht zu spät kommen. Es ist ein fei-
ner Laden, wo wir noch nie waren. Wir
möchten   doch   nicht   gleich   einen
schlechten Eindruck machen." Erst jetzt
fiel Lena auf, dass er ein Hemd trug. Das
passierte sonst nur an Fasching oder Fa-
milienfeiern wie runden Geburtstagen.
Und selbst da hatte er oft nur ein T-Shirt
an. Sie rannte ins Zimmer, streifte ihr
einziges Kleid, das noch im Schrank
hing, über und flitzte wieder durch den

schmalen Gang, um sich wenigstens die Haare zu kämmen. Hier rannte sie beinahe in ihre Mutter, die soeben aus dem Badezimmer kam. Auch sie trug ein Kleid, war leicht geschminkt und hatte ihren Schmuck an. „Komm, Lena. Du hast fünf Minuten."

Wenig später parkten sie vor einem Gebäude, das Lena noch nie gesehen hatte. In diesem Teil der Stadt hielt sie sich für gewöhnlich nicht auf. Hier standen die teuren Geschäfte, wo sie eh nichts zum Anziehen kaufen konnte. Das Restaurant bestand aus altem, aber sauberem Sandstein, hatte blaue Vorhänge und war sehr stilvoll beleuchtet. Der Name war Französisch, schätzte Lena. Sie konnte ihn nicht übersetzen, was ihr aber auch ziemlich egal war. *Was soll denn das Ganze?* Sie kam einfach nicht darauf, was ihre Eltern in der letzten Zeit für Dinge anstellten. Erst die Fußballschuhe, dann der Besuch beim Spiel. Das Anfeuern und die netten Worte. Irgendetwas konnte nicht stimmen. „Guten Tag die Damen, guten Tag der Herr. Sie haben reserviert?" Der junge Mann am Empfang war sehr edel gekleidet. Er trug einen dunklen Anzug, hellbraune Lederschuhe und dazu eine rote Fliege, die perfekt ins Gesamtbild passte. Lena schätzte ihn auf höchstens 20. „Ja, haben wir." Lenas Vater verriet stolz seinen Namen und sie folgten dem Kellner wie eine Gruppe kleiner Enten zu ihrem

Tisch. „Bitte sehr, die Karten kommen sofort." Er zog Lenas Stuhl zurück, bevor sie sich setzen konnte. Erst jetzt verstand sie, lächelte und ließ sich das Möbel zum Sitzen heranschieben. „Wahnsinn, oder?" Ihre Mutter schaute ehrfürchtig durch den Raum, Lena folgte ihrem Blick. An der Decke hingen Kronleuchter und auf den hellgrauen Fliesen lagen bunte Teppiche. Voll war es nicht, aber sie waren nicht die Einzigen. Lena sah eher ältere Menschen, die sich leise unterhielten und die winzigen Portionen genüsslich in ihre Münder gleiten ließen. „Papa, was soll das? Hast du im Lotto gewonnen?" Lena hielt es nicht mehr aus. „Nein, das wüsste ich." Er lachte. „Wir wollten dir einfach nur mal zeigen, dass wir sehr stolz auf dich sind und dieser Abend gehört nur unserer Familie. Und wenn ich ehrlich bin, habe ich einen Gutschein von einem Kunden geschenkt bekommen." Sein Grinsen wanderte von einem Ohr zum anderen. „Jetzt bestellen wir erstmal und dann gibt es eine kleine Überraschung."

Als hätte der Kellner seine Worte gehört, stand er mit drei Karten neben ihnen. Er klappte sie auf und nahm sofort die Getränke auf. Für ihre Eltern gab es Wein und für Lena eine Cola Light mit extra Eis und Zitrone. Für das Essen benötigte sie eine Weile. Zum Glück waren die Gerichte so ausformuliert, dass Lena die komplizierten Namen nicht übersetzen musste. Wahrscheinlich gab es noch mehr Menschen wie sie, die kein Französisch sprachen oder diese Speisen nicht kannten. Sie entschied sich für hausgemachte Nudeln in einer Sahnesoße mit Trüffeln und Spinat. Das klang einfach, aber lecker. Hier konnte man nichts falsch machen, obwohl sie Trüffel nur aus dem Fernsehen kannte und immer wieder hörte, wie teuer sie seien. Für 25 Euro sollte es schmecken. „Gute Wahl, Madame." Der junge Mann nickte ihr zu und lächelte sie an. Lena schaute schnell weg und er musste kurz grinsen. Er war es wahrscheinlich gewohnt, dass jüngere Mädchen auf ihn abfuhren. „Sollten Sie noch etwas wünschen, dann melden Sie sich bitte jederzeit. Und nun einen schönen Abend."

Lena nippte von ihrer Cola. Köstlich! Ganz anders als das warme Zeug aus dem Discounter, was sie immer aus billigen Plastikflaschen zu Hause trinken musste.

Aus dem Augenwinkel sah sie, wie ihr Vater einen großen Umschlag aus der Tasche zog und aufgeregt damit wedelte. „Lena, deine Mutter und ich haben hier etwas für dich. In drei Wochen ist deine Abschlussprüfung und danach steht dein letztes Schuljahr bevor. Wir wissen, wie schwer du es in der Schule hast und was du da alles durchmachen musst. Leider behältst du das ja alles für dich. Du bist alt genug, daher akzeptieren wir das. Trotzdem möchten wir dir zeigen, dass wir deinen neuen Traum unterstützen und dass wir mächtig stolz auf dich sind. Das ist ein Geschenk von uns beiden. Wir hoffen, du freust dich. Deine Trainerin hat uns beraten." Lenas Augen wurden groß. *Was sollte das denn sein?* Sie nahm den Umschlag und öffnete ihn langsam. Es kam eine gefaltete Karte zum Vorschein mit der großen Aufschrift *„Mädchenfußball-Sommercamp"*. Lena las weiter. *„Erlebe ein einzigartiges Ereignis. Zwei Wochen Training mit erfahrenen Nationalspielerinnen. Lerne Tricks und Taktiken und werde zur besten Spielerin deines Teams. Wir freuen uns auf dich."* Fassungslos starrte Lena auf den Gutschein. „Hoffentlich hast du nichts Besseres vor." Ihre Mutter schaute sie erwartungsvoll an. „Was sagst du, Lena? Ist das was?" Lena war sprachlos. „Äh, danke. Das ist sehr nett von euch. Ich weiß jetzt gar nicht, was ich sagen soll." Sie wollte sich bedanken, konnte aber kaum Worte finden. Sie freute sich sehr. „Es sind sogar ein paar Mädels aus deiner Mannschaft dabei. Die haben gefragt, ob du mitmachen darfst, weil sie dich so gerne haben." Ihr Vater war stolz, mehr als das. Lena kannte ihn so nicht. Plötzlich brachen alle Dämme. Tränen liefen ihr über die Wangen und sie fiel ihren Eltern in die Arme. Erst jetzt wurde ihr bewusst, was sich die letzten Wochen ereignet hatte. Sie war Teil eines Teams, hatte Freundinnen gefunden. Es war zwar erst der Anfang, aber es war Jahre her, dass sie sich irgendwo dazugehörig gefühlt hatte. Die Einsamkeit, die sie in der Schule täglich erleben musste, war kurzzeitig völlig verdrängt. „Ist schon gut." Ihre Mutter streichelte ihren Rücken. „Lass alles raus. Ich habe immer gewusst, dass es irgendwann passieren würde. Wir sind Frau Dr. Wünsch so unendlich dankbar."

„Hier, junge Dame." Lena hob leicht den Kopf. Der Kellner stand neben ihr und reichte ihr eine schneeweiße Serviette. Lena nahm sie peinlich berührt und wischte sich die Tränen aus dem Gesicht. „Ich freue mich wirklich sehr. Vor allem, dass noch andere Mädchen mitmachen."

„Es gibt einen Haken." Ihr Vater versuchte, streng zu schauen. „Das Camp ist genau zum gleichen Zeitpunkt wie die Nachholprüfung. Du musst also bestehen, um teilnehmen zu können. Wenn du in der Prüfung durchfällst, musst du nachschreiben und kannst kein Fußball spielen. Haben wir einen Deal?" Er reichte ihr förmlich die Hand wie einem Geschäftspartner. Lena schlug ein. „Abgemacht, Papa. Ich werde wirklich mein Bestes geben." Sie hatte sich wieder gefangen und las immer und immer wieder die Werbung auf dem Gutschein. Noch bevor sie sich weitere Gedanken machen konnte, stellte der Kellner einen

dampfenden Teller vor ihre Nase, dessen
Geruch Lenas Sinne vernebelte. Genüsslich schaufelte sie die erste Gabel in den
Mund. Nie zuvor hatte sie so etwas Köst-
liches essen dürfen.

22

Es war Montag. In genau zwei Wochen starteten die Prüfungen. Zuerst Deutsch, dann Mathematik und zum Schluss Englisch. Eigentlich super, denn dann war Deutsch direkt weg und Lena konnte sich auf Mathe konzentrieren. Hier müsste sie punkten. In Deutsch und Englisch eine 4, in Mathe vielleicht eine 2. Das wäre das perfekte Ergebnis. Dann noch zwei Wochen die Zeit genießen und ab ins Fußballcamp mit ihren Freundinnen.

Diese Aussicht hatte Lena die letzten Tage durch den Alltag geholfen. Sie achtete nach wie vor darauf, nach der Schule sofort das Gelände zu verlassen und mit dem Ball am Fuß nach Hause zu dribbeln. Sie wurde mit jedem Tag sicherer und konnte den Ball schon fast ohne Hinschauen führen. Da die meisten anderen Kinder immer noch vor der Schule rumlungerten oder einfach trödelten, war Lena relativ ungestört.

Doch an diesem Tag sollte es anders laufen als sonst. Schon der Start war misslungen. Lena hörte den Wecker nicht, stand eine halbe Stunde zu spät auf und musste zur Schule rennen. Seltsamerweise hatte es keine Diskussionen mit ihrer Mutter gegeben, dass sie nun regelmäßig laufen wollte. Den Fußball hatte sie immer schön versteckt in einem zweiten Rucksack, den sie vor ihrer Brust trug. Niemandem war das bisher aufgefallen. Völlig verschwitzt und außer Atem kam sie mitten in der Deutschstunde an. Ihre Hausaufgaben wollte niemand mehr sehen und einen Eintrag ins Klassenbuch bekam sie auch noch obendrauf. Während sie keuchend zu ihrem Platz trottete, verzogen Maria und Tamara die Gesichter, rümpften die Nasen und wedelten mit den Händen, so als würde Lena nach Schweiß riechen.

Schnell schaute sie weg und setzte sich auf ihren Platz. Tatsächlich fühlte sie sich heute unwohl. Sie konnte nicht mehr duschen und der Schweiß rann ihr den Rücken herunter. Egal, in der Pause wieder in die Ecke des Schulhofes und danach den Unterricht absitzen. Außer dem Termin dienstags bei Frau Dr. Wünsch stand nichts an und Lena konnte sich voll auf die Schule konzentrieren. Erst nach dem Fußballlager würde das Training wieder beginnen. Bis dahin würde sie an ihrer Ballführung arbeiten.

Der Tag verging wie in Zeitlupe. Lena wollte nur noch raus und schnellstmöglich nach Hause. Als es endlich klingelte, sprang sie auf, schnappte ihre beiden Rucksäcke und wollte das Klassenzimmer fluchtartig verlassen. „Moment, Lena. Da du heute ausschlafen konntest, bist du fit genug, um das Klassenzimmer aufzuräumen und die Tafel zu wischen." Herr Schwarz hatte sich das natürlich gemerkt und war in solchen Dingen sehr genau. Kinder brauchen Disziplin! *Auch das noch.* Jetzt kam sie nicht pünktlich raus und musste den Heimweg mit anderen Kindern verbringen. Sie schnappte sich den Besen und wirbelte durch den Raum. Noch schnell die Tafel wischen und tschüss. All die Eile hatte nichts genutzt. Sie kam mitten in den Schwall von Menschen. Lehrer, Schüler und Rucksäcke trieben wie eine träge, zähe Masse durch die viel zu kleinen Gänge. Es stank muffig, nach Schweiß und anderen Ausdünstungen. Lena versuchte, die Luft anzuhalten. Doch immer, wenn es ihr kurz gelang, kam von irgendwo ein Ellbogen oder ein anderes Körperteil, was ihr den Atem raubte. Sie würde nie wieder zu spät kommen. Das nahm sie sich fest vor, während sie langsam zum Ausgang bugsiert wurde. An der Tür staute sich der Zug aus Menschen wie an einem Nadelöhr. Nur vereinzelt ploppten auf der anderen Seite Kinder heraus, und man schob und drängelte, als würde es um das eigene Leben gehen. Endlich hatte sie es geschafft. Lena holte tief Luft und schaute sich um. Keine Maria, keine Tamara und keine männlichen Untertanen der beiden. Gott sei Dank, und jetzt los. Wenn sie jetzt rennen würde, hätte sie vielleicht auf dem Weg durch den Park etwas Freiraum zum Dribbeln. Sie umkurvte hunderte Kinder wie Fahnenstangen im Training und gelangte schließlich zum Schultor, wo es wirklich etwas entspannter zuging. Sie schaute zurück und sah die Armee aus menschlichen Körpern langsam, aber bedrohlich auf sich zukommen. Immer noch keine Maria. Und jetzt los. Sie öffnete den Rucksack, holte ihren Ball heraus und stopfte den leeren Beutel in ihre Tasche auf dem Rücken. Langsam lief sie los, die Kugel immer am Fuß, den Blick nach vorne. Die wenigen Kinder, die mit ihr liefen, nahmen sie kaum zur Kenntnis. Manche schauten etwas neugierig zu ihr rüber, ließen sie aber in Ruhe. Es waren meistens nur kleinere Schülerinnen und Schüler, die genau wie Lena das Schulgelände schnell verlassen wollten. Die älteren hatten in der Regel alle Ruhe weg. In Gedanken bemerkte Lena den Schatten, der plötzlich neben ihr auftauchte, zu spät und konnte nicht mehr reagieren. „Her mit dem Ball, du Flasche." Lena wurde von einer Schulter getroffen und fiel zu Boden. Sie konnte sich gerade noch mit den Händen abfangen, ihre Knie knallten aber mit voller Wucht auf den harten Stein des Weges. Der Schmerz durchfuhr ihre Beine und sie blieb in gehockter Position. Tränen schossen sofort in ihre Augen, sodass sie Jonas nur schemenhaft erkennen konnte, wie er mit ihrem Ball davondribbelte. „Pass rüber, Mann!" Das war Tobias, der ihm hinterherrannte. Dazu mischte sich das schrille, ekelhafte

Lachen von Maria und Tamara. „Fußball, passt irgendwie zu dir. Welches Mädchen spielt denn Fußball? Sowas Lächerliches!" Maria kreischte fast, während auch Tamaras Lachen immer lauter wurde. Lena versuchte aufzustehen, schaffte es aber nur kurz. Dann fiel sie wieder in den Staub und kroch auf allen Vieren den beiden Jungs hinterher. Neben ihr hörte sie die Schritte der beiden Mädchen. „Gebt mir bitte meinen Ball zurück, er war sehr teuer." Die Jungs blieben stehen und fingen nun ebenfalls an zu lachen. „Für diese alte Murmel hast du Geld bezahlt? Wie armselig." Jonas lachte. „Achtung, Maria." Er holte aus und schoss den Ball mit voller Wucht Richtung Lena. Sie spürte den Luftzug, ihre Haare flogen nach hinten. Er hatte ihren Kopf knapp verfehlt und dafür Marias Beine getroffen. „Ey, du Affe. Pass gefälligst auf, wo du hinschießt." Maria passte den Ball ungelenk wieder zurück. „Ich spiele ja wahrscheinlich besser als du." Tamara lachte immer noch. „Einwurf!" Jetzt brüllte Tobias und schleuderte den Ball zu Tamara. Diese ließ ihn mit ihren Fingern nach vorne auf Lenas Hinterkopf abprallen. Sie fühlte den Einschlag und ihr Kinn krachte auf den Boden. „Volltreffer!" Maria johlte und alle krümmten sich vor Schadenfreude. Hilflos hob Lena erneut die Hand. „Bitte, lasst mich doch einfach in Ruhe. Ich will nur meinen Ball zurück."

„Du kriegst gar nichts zurück. Der Ball gehört jetzt uns. Wir werden ein bisschen damit spielen und ihn dann im Müll entsorgen, wo er auch hingehört." Zufrieden glotzte Maria auf sie hinab. „Und jetzt halte deinen Mund und kriech nach Hause, bevor wir hier ernst machen."

Die Tränen rannen erneut über Lenas Wangen. Sie ballte die Fäuste, aber was sollte sie schon ausrichten? Vier gegen eine? Das sollte fair sein? Sie wurde von quietschenden Reifen aus ihrem Selbstmitleid gerissen. „Hey, Lena. Gibt's hier etwa Probleme?" Durch den Dunst konnte sie Christinas Gesicht erkennen, was sich besorgt zu ihr nach unten beugte. „Was soll das hier? Gebt ihr sofort den Ball zurück. Seid ihr stolz auf euch? Ich habe selten so etwas Ekelhaftes gesehen."

„Ui, Lena. Ist das eine deiner Fußballfreundinnen? Die kann bestimmt genauso schlecht kicken wie du." Jonas lachte dreckig und schaute provozierend zu Christina. Diese blieb ganz ruhig, was Lena sofort bewunderte. Sie war deutlich größer und stärker als die vier Mitschüler und auch älter. Dennoch sorgte die Tatsache, dass es immer noch vier gegen zwei waren für ein übersteigertes Selbstvertrauen. „Na ja, so schlecht kicke ich nicht. Machen wir einen kleinen Wettbewerb? Du hast doch sicherlich keine Angst, oder? Gegen ein Mädchen gewinnt so ein großer, starker Junge wie du doch locker?" Jonas blieb das Lachen im Hals stecken, leicht hilflos schaute er zu den anderen. „Äh, ja klar. Du kannst ja nichts!" Erwartungsvoll schauten ihn seine drei Mitstreiter an. „Was willst du?" Christina überlegte kurz. „Erstmal bestimmen wir den Einsatz. Wenn du gewinnst, fahre ich weiter, ihr dürft den Ball behalten und Lena das gesamte Schuljahr weiter quälen. Das gefällt euch doch so gut." Lena schaute verzweifelt nach oben. Was war denn das für ein blöder Wetteinsatz? „Sollte ich aber gewinnen, dann gebt ihr den Ball zurück und sprecht Lena nie wieder an, verstanden? Das sollte doch für einen Vollprofi wie dich kein Problem sein, oder? Ein Freibrief zum Mobben! Du musst nur gegen ein Mädchen gewinnen." Man merkte sofort, dass er unsicher wurde. Sein Blick wanderte erneut zu seinen Freunden, dann weiter nach rechts. Erst jetzt bemerkte Lena, dass mindestens zwanzig weitere Jugendliche um sie herumstanden. Natürlich hatte ihr niemand geholfen. Jeder wollte das Schauspiel verfolgen. „Hast du etwa Angst? Du sagst ja gar nichts." Jonas Augen verengten sich. „Natürlich nicht, du Null. Ich spiele seit Jahren Fußball. Was ist deine Herausforderung?" Christina zeigte mit dem Finger in die Ferne. „Siehst du den Baum dahinten? Dürften ungefähr zehn Meter sein. Wir schießen mit voller Kraft. Ganz einfach. Wer ihn trifft, hat gewonnen.

Treffen wir beide nicht oder treffen wir beide, wird so lange weitergemacht, bis einer verschießt. Einverstanden, großer Fußballgott?" Jonas grinste widerlich. „Na klar. Das ist doch keine Entfernung. Ich fange an." Er zog eine Linie mit dem Fuß und legte den Ball sorgfältig ab. „Schau genau hin, dann lernst du noch was und deine arme Freundin vielleicht auch." Er nahm Anlauf und schoss. Lena hielt den Atem an und schaute dem Ball hinterher, der wie in Zeitlupe flog und mit einem lauten Klatscher an den Baum krachte. *Nein! Bitte nicht!* Sie wollte gerade wieder den Kopf auf den Boden legen, als sie eine starke Hand spürte, die sie mit einem Ruck auf die Beine zog. „Aufstehen, der Boden ist doch unbequem." Lena war überrascht, wie gelassen Christinas Stimme klang. War ihr nicht bewusst, dass sie gerade Lenas gesamte verbleibende Schulzeit ruinierte? Sie schaute rüber zu Jonas, der sich ausgiebig von den Jugendlichen feiern ließ. Vielleicht waren sie alle gar nicht für ihn, sondern wollten einfach nicht die nächsten Opfer sein. Mitmachen oder wegschauen ist nun mal einfacher als Einschreiten. „Mach das nach!" Er lupfte den Ball mühelos hoch und passte ihn deutlich zu fest zu Christina. Völlig unbeeindruckt fing sie ihn und legte ihn vor die Markierung. Ansatzlos holte sie aus und knallte den Ball lässig von sich weg. *Der kann gar nicht treffen. Viel zu* ungezielt. Lena konnte nicht mehr weg-schauen. Die schwarz-weiße Kugel drehte sich im letzten Moment und streifte gerade so die Rinde des Stammes. Wahrscheinlich konnte man Lenas Aufatmen um die ganze Welt hören. Christina blieb komplett ruhig und holte langsam den Ball. „Hier, Superstar. Nächster Versuch." Jonas nahm ihr aggressiv das Spielgerät aus der Hand und platzierte ihn vor der Linie. Sein Anlauf fiel ebenfalls sehr kurz aus. „Auf geht's, Jonas. Hau ihn raus." Maria hatte es wahrscheinlich gut gemeint, doch kam ihre Anfeuerung in der Lautstärke genau zum falschen Zeitpunkt. Jonas zuckte kurz zusammen, konnte seine Bewegung nicht mehr abbrechen und drosch den Ball mit einem lauten Fluch am Baum vorbei in die Büsche dahinter. Wütend starrte er ihm hinterher, dann drehte er sich zu Maria. „Danke. Das war so richtig dumm."

„Alles gut, die verschießt doch eh. So viel Glück hat sie nicht nochmal, und den nächsten triffst du wieder. Komm her." Er trottete langsam zu seinen drei Komplizen, die sich nun die Arme auf die Schultern legten und gebannt zuschauten, wie Christina den Ball holte und ablegte. Lena konnte sich kaum auf den Beinen halten. Es herrschte absolute Stille, niemand wagte es, auch nur zu atmen. „Los, du Flasche. Schieß endlich vorbei." Tamara lachte verächtlich und versuchte, Christina zu verunsichern. Diese blieb zumindest äußerlich ruhig und nahm diesmal einen riesigen Anlauf. Mindestens fünf Meter. Mit einem lauten Schrei lief sie los und trat mit voller Wucht gegen den Ball. Man konnte ihn mit dem bloßen Auge kaum verfolgen. Er krachte so stark an den Baum, dass dieser wackelte und etliche Blätter verlor. Doch das war es noch nicht. Ohne an Wucht und Geschwindigkeit zu verlieren, prallte der Ball zurück und schlug mit einem lauten Knall direkt in der Vierergruppe ein. Jonas wurde voll erwischt und sackte sofort zusammen. Der Ball wechselte die Richtung und erwischte Maria im Gesicht, die ebenfalls benommen zu Boden ging. Die anderen beiden wurden mitgerissen und es bildete sich eine undurchsichtige Staubwolke um das menschliche Knäuel. Lena war immer noch auf den Baum fixiert und spürte Christinas Hand auf ihrer Schulter erst, als diese sie umdrehte und umarmte. Erst jetzt realisierte sie, was geschehen war und brach in Tränen aus. Alle Jugendlichen um sie herum hatten nun auch ihre Starre überwunden und jubelten Christina zu. „Das war der Hammer. Endlich haben die mal ihre gerechte Strafe bekommen." Christina drehte sich ruhig um und schaute in die Runde. „Ihr hättet Lena helfen können, habt aber alle nur zugeschaut. Wenn ich nicht zufällig hier vorbeigekommen wäre, hätten sie Lena noch weiter gequält und ihr hättet ihr nicht beigestanden. Noch schlimmer, ihr habt sie ausgelacht. Schämt euch." Betretenes Schweigen herrschte und viele Kinder schauten ertappt auf den Boden. Einige nickten. Mittlerweile hatte sich die Staubwolke gelegt und man konnte wieder Menschen erkennen. Christina ging auf sie zu und streckte ihnen nacheinander die Hand hin, um ihnen aufzuhelfen. Alle ignorierten ihre faire Geste. Jonas hatte es am schlimmsten erwischt. Er blutete aus der Nase und hatte ein blaues Auge. Marias Lippe war aufgeplatzt und sie hielt die rechte Wange, die rot und geschwollen war. Tamara und Tobias waren unverletzt, allerdings völlig verdreckt. Sie schauten Lena und Christina voller Hass an. „Wir hatten einen Deal und den kann hier jeder bezeugen. Ihr lasst Lena und auch alle anderen Kinder in Ruhe. Kümmert euch um euren Kram und lasst es gut sein. Das nächste Mal werde ich euch keine zweite Chance geben, verstanden?" Das hatte gesessen. Die vier nickten und schlichen davon. Christina hob den Ball auf und reichte ihn Lena. „Jetzt dürftest du deine Ruhe haben, um für deine Prüfung zu lernen. Komm, lass uns gehen. Ich laufe mit dir." Sie schob das Fahrrad mit einer Hand, und langsam gingen beide Richtung Lenas Wohnung. Dabei passten sie sich den Ball hin und her.

23

„Na, gut. Das lassen wir zählen. Obwohl ich Gewalt nicht gutheiße, war es wohl notwendig. Außerdem war es ja eher ein Sportunfall, oder?" Lena nickte grinsend. Endlich konnte sie Frau Dr. Wünsch von einem weiteren schönen Erlebnis berichten, auch wenn dieses nur entfernt mit der Schule zu tun hatte. Es war nun knapp eine Woche her und sie saß zum vorletzten Mal auf dem Ledersofa in der Praxis. „Hat es auch funktioniert? Also lassen sie dich in Ruhe?"

„Na ja, ihre Blicke würden mich am liebsten töten, aber sie haben mir seitdem nichts mehr getan. Ich habe allerdings Angst, dass es nächstes Jahr wieder von vorne losgeht." Die Ärztin schaute sie aufmunternd an. „Mach dir darüber keine Gedanken, jetzt zählt es. Bist du gut vorbereitet?" Lena stimmte ihr zu. „Ich denke schon. Wenn ich überlege, wie es noch vor ein paar Wochen war, als wir uns kennenlernten. Da hatte ich gar keinen Bock. Ich wäre hoffnungslos durchgefallen. Jetzt habe ich eine realistische Chance und die möchte ich nutzen."

„Ja, ich habe von dem Fußballcamp gehört. Ein tolles Geschenk deiner Eltern. Du wirst das schon schaffen. Ich bedanke mich bei dir für die ausführliche Geschichte über den Fußball, den Baum und die kaputten Gesichter." Sie musste lachen.

„Haben sie noch Nachwirkungen?"

„Ja, man kann es noch sehen. Maria schminkt sich zwar nun noch stärker, doch das nützt nichts. Jonas wird nur noch ausgelacht, weil er gegen ein Mädchen im Fußball verloren hat."

„Na ja, es wird ihm nicht schaden, das mal am eigenen Leib zu erleben. Lena, ich drücke dir alle Daumen. Wir sehen uns, wenn deine Prüfungen gelaufen sind." Sie umarmten sich, Lena verließ die Praxis und stieg zu ihrer Mutter ins Auto ein. „Du bist ja so gut gelaunt wie lange nicht mehr, mein Schatz." Sie streichelte über Lenas Haare. „Die Therapie scheint wirklich geholfen zu haben. Ich bin ja so froh. Was machen wir jetzt mit dem Tag? Wollen wir was essen gehen?"

„Das wäre toll, Mama, aber ich muss lernen. Nächste Woche geht es los und ich habe noch so viel zu tun."

„Du hast absolut recht. Ab nach Hause." Etwas enttäuscht, aber stolz startete sie den Wagen und bog langsam vom Parkplatz auf die Straße ab.

Zu Hause angekommen, lief Lena sofort auf ihr Zimmer. Mathe war erledigt, das klappt. Hier konnte sie auch nicht mehr viel üben. Sie kannte alle Formeln und wusste genau, wie sie an die kommenden Aufgaben herangehen würde. Englisch war eben Englisch. Jetzt konnte sie keinen großen Wortschatz mehr aufbauen. Die Grammatik hatte sie auswendig gelernt und hoffte darauf, dass genau das drankommen würde. Sie hatte sich angewöhnt, fehlende Wörter, die sie einfach nicht wusste, so gut wie möglich zu umschreiben. Das war ja nicht falsch. Ein weiterer Vorteil war, dass sie so die Textlänge massiv strecken konnte und die verlangte Anzahl der Wörter schneller erreichen würde.

Blieb eben noch Deutsch. Sie öffnete langsam ihr Arbeitsheft mit den Abschlussprüfungen der letzten Jahre. Die Hälfte hatte sie bereits bearbeitet. Im Prinzip wiederholte sich alles irgendwie. Kommasetzung und Rechtschreibung würde sie schon hinbekommen. Notfalls setzt man Kommas, wo es sich gut anhört, und falsch geschriebene Wörter konnte man gut erkennen, da die Fehler immer sehr ähnlich waren.

Blieb noch die Schreibaufgabe. Hier war sie sich immer noch nicht sicher. „Mut zur Lücke", wie es manche nannten, war ihr zu riskant. Es gab verschiedene Aufgabenstellungen, doch es kamen nur zwei davon dran. Bericht, Erzählung, Argumentation und Lyrik. Einen Bericht schloss sie aus, weil ihr die Regeln zu kompliziert waren. Das war okay, denn selbst wenn dieser drankommen würde, konnte sie sich für das andere Thema entscheiden. Eine Erzählung empfand sie als simpel, dafür musste sie nicht üben. Gedanken, Gefühle und einen spannenden Höhepunkt. Machbar! Eine Argumentation war nur gut, wenn das Gebiet ihrem Wissenshorizont entsprechen würde. Sie blätterte durch das Buch. „Erörtere, ob Jogginghosen an Schulen Normalität sind oder ob sie verboten werden sollten". Was soll das? Welche Vorteile sollte es dafür geben? Sie dachte kurz nach und blätterte weiter. Was sollte sie dafür üben? Wie man ein Argument konstruiert und wie man diese anordnet, wusste sie. Also aufs Glück verlassen! „Analysiere das nachfolgende Gedicht nach den bekannten Regeln". Lenas Blick wanderte nach unten. Eine ganze Seite? Logo, die äußere Form war klar. Strophen, Verse, Überschrift. Gut, die Zusammenfassung des Inhalts sollte auch keine Probleme bereiten. „Welche sprachlichen Mittel nutzt der Dichter und wie wirken diese im Gedicht?" Das war eine harte Nuss. Wenn sie diese im Unterricht besprachen, war alles so klar. Herr Schwarz half, wo er nur konnte. Aber selbst welche finden? Und dann ihren Sinn erklären? Schwierig! Lena fing an. Neben ihr die Liste mit den 32 lateinischen, griechischen und deutschen Fachbegriffen. Wie sollte sie vorgehen? Sie hatte keine Wahl. Sicherlich würde nicht verlangt werden, wirklich jedes einzelne Stilmittel zu erkennen, doch mehr als zwei oder drei sollte sie schon beherrschen. Laut Herrn Schwarz war diese

Auswahl schon sehr klein. Lena musste den Kopf schütteln. Da gab es angeblich noch viele mehr. *Okay, fangen wir einfach beim ersten an und durchsuchen den Text. Dann das nächste.* So würde sie zumindest die Bezeichnungen mal lernen. „Alliteration" war das erste. „Aufeinanderfolgende Wörter beginnen mit dem gleichen Buchstaben." Sie durchforstete das Gedicht und markierte jeden Buchstaben, der sich wiederholte. *Und was soll das jetzt? Egal, darüber mache ich mir danach Gedanken. Weiter geht's.* „Anapher" war das nächste. „Gleiche Satzanfänge". Auch hier wurde sie fündig. Nun wühlte sie sich über Metaphern, Personifikationen, rhetorische Fragen bis zu Vergleichen vor und verstand nur Bahnhof. Sollte sie vielleicht doch lieber den Bericht lernen? Nein, dafür war es nun zu spät. In einer Woche würde sie das nicht mehr in ihren Schädel bekommen, allein deswegen, weil sie dieses Thema das gesamte Schuljahr ignoriert hatte. Es half alles nichts. Nun versuchte sie herauszufinden, was der Dichter mit der Nutzung der sprachlichen Mittel beabsichtigt haben könnte. „Der Dichter hätte auch andere Wörter nutzen können. Er hat sich aber genau für diese entschieden. Dabei hat er sich was gedacht." Blablabla. Herr Schwarz bestand darauf. *Es hat einen Sinn und wir wissen natürlich heute ganz genau, dass es kein Zufall, sondern pure Absicht war.*

Lena riss sich zusammen, Sarkasmus half ihr jetzt wenig. Die große Versuchung, in die Lösung zu schauen, verdrängte sie noch. Das brachte nichts. Sie erwischte sich wieder dabei, dass sie daran dachte, dass die Prüfung freiwillig wäre und sie ja nächstes Jahr den Realabschluss machen würde. Sollte sie einfach in die Ferien starten? Oder das Risiko eingehen, durchzufallen? Nein! Nun schob sich mit ganzer Gewalt die Vorfreude auf das Fußballcamp vor ihr geistiges Auge. Auch die Vernunft klopfte kurz an. Sollte sie wirklich nächstes Jahr ihren Realschulabschluss nicht bestehen, wäre sie im Nachhinein froh über einen guten Hauptschulabschluss. Es gab jedes Jahr diese Fälle. Die waren kein Gelaber eines Lehrers und keine Einbildung. Lena wollte nicht dazugehören. Zehn Jahre Schule und dann keinen Abschluss. Der ganze Stress und das Mobbing umsonst. Sie biss die Zähne zusammen und suchte sich ein paar Stilmittel heraus. „Aufmerksamkeit des Lesers gewinnen, Umstände verdeutlichen, Meinungen hervorheben, eine Sache betonen …" Im Prinzip stand diese Erklärung bei jedem dieser Fachbegriffe. Also, was nun? Lena beschloss, sich auf ein paar zu konzentrieren. In keiner Aufgabe stand, welche Stilmittel sie suchen sollte und auch nie wie viele. Nach einer weiteren Stunde stand sie am nächsten und auch schon letzten Punkt.

Der Interpretation. Hier verließ sie sich einfach auf ihr Bauchgefühl und schrieb ein paar Sätze über eine Kritik an der damaligen Zeit, das schwere Leben der Bevölkerung, von einem König, der seine Untertanen unterdrückte. Passte irgendwie zum Thema Mittelalter, worum es ganz offensichtlich in diesem Gedicht ging. Kurz darauf war sie fertig und blätterte hastig auf die letzten Seiten, wo die Lösungen standen. Aufgeregt verglich sie ihren geistigen Erguss mit den Vorstellungen der Prüfungsmenschen. *Na ja, gar nicht so schlecht. Wenn ich in den Leseaufgaben sowie Rechtschreibung und Grammatik gut abschneide und hier ein paar Punkte sammeln kann, dann könnte es mit der 3 klappen.* Zufrieden lehnte sich Lena zurück, verschränkte die Arme hinter dem Kopf und atmete tief durch. Noch wenige Wochen, dann würde sie mit ein paar Mannschaftskameradinnen im Fußballcamp sein. Weg von der Schule, weg von Herrn Schwarz und weg von den vier Mobbern und deren Komplizen. Zumindest für sechs Wochen. *Das wird toll.* Sie klappte das Heft zu und verließ ihr Zimmer zum Wohnzimmer, wo ihre Eltern bereits mit dem Essen warteten.

24

Leise kratzte Lenas Kugelschreiber über das Papier. In der gesamten Klasse herrschte eine angespannte Stille, niemand redete. Das Schaben von über 20 Minen, welche emsig Buchstabe für Buchstabe, Zeichen für Zeichen auf die weißen Bögen malten, wirkte seltsam beruhigend, fast schon hypnotisch.

Es war Montag, 9:20 Uhr. Deutschabschlussprüfung. Herr Schwarz im Anzug am Pult, die Schülerinnen und Schüler auf ihren Plätzen. Aus Lenas Klasse nahmen insgesamt zwölf Jugendliche an den Prüfungen teil, obwohl sie das ja gar nicht mussten. Trotzdem strengte Lena sich an. Als Realschülerin in der Hauptschulabschlussprüfung versagen, das kam nicht infrage. Sie hatte es verstanden. Eine Absicherung. Ein Backup, falls es nächstes Jahr aus irgendwelchen Gründen nicht klappen würde. Ein gutes Gefühl.

Für die Hauptschüler stand deutlich mehr auf dem Spiel. Hier ging es wirklich um die Zukunft. Bestehen sie? Dürfen sie ihre angestrebte Ausbildung beginnen? Sind sie so gut, dass sie doch noch die mittlere Reife absolvieren dürfen?

Lenas Augen flogen über die Seiten. Es war relativ simpel. Sie musste einen Text lesen und Fragen dazu beantworten, die meisten nur zum Ankreuzen. Es gab einen Sachtext, in welchem es um

Klimaschutz ging. Was auch sonst. Herr Schwarz hatte es vorhergesagt. Eine Jugendliche mit komischem Namen engagierte sich ehrenamtlich für die Verbesserung der Luft in ihrer Region, indem sie in den Ferien Bäume pflanzte. Kurz, leicht verständlich und ohne jegliche Hindernisse. Das Gedicht, das ebenfalls zur Auswahl stand, schaute sie sich gar nicht erst an. Einfacher kann es gar nicht werden. Ihr Stift flog über die drei Seiten und ehe sie sich versah, war der erste Teil erledigt. Zufrieden schraubte sie leise ihre Wasserflasche auf und trank einen Schluck. Ihr Blick auf die Uhr sorgte für weitere Freude. Schneller als zuhause bei den Übungsaufgaben. Sie war sich sicher, dass alles richtig war. Nun zur Schreibaufgabe. Hier entschied sie sich für die Argumentation. Sie sollte Vor- und Nachteile für ein ehrenamtliches Engagement während der Schulzeit finden. Einfach! Sie hatte ausführlich das Thema „Nebenjob während der Schulzeit" geübt und empfand die Argumente dafür oder dagegen doch als sehr ähnlich. Keine Zeit für Hausaufgaben und Freunde, große seelische Belastung, oft von zuhause weg, dafür aber ein gutes Gefühl, Respekt von anderen und so weiter. Nach nur 15 Minuten war ihre Mindmap gut gefüllt und sie wählte jeweils drei Argumente für beide Seiten aus. Auch hier erwiesen sich die Vorhersagen von Herrn Schwarz als die

Wahrheit. Stehen die Argumente, schreibt sich der Text von selbst. Nach einer weiteren Stunde war sie fertig. Durchlesen am Ende!

Nun der letzte Teil. „Sprachliche Richtigkeit". Es ging um Rechtschreibung und Grammatik. Ihr Angstthema. Sie hoffte, bisher so viele Punkte gesammelt zu haben, dass sie dieses Defizit ausgleichen würde. Groß- und Kleinschreibung, Kommasetzung, Aktiv, Passiv, Pronomen und Artikel. Es half nichts, Lena fing an. Sie arbeitete auf gut Glück. Kommas wurden dort gesetzt, wo es sich am besten anhörte. Wörter, die ihr komisch erschienen, verbesserte sie so, dass es nicht mehr im Auge störte. Auch den Rest bearbeitete sie nach Gefühl, ohne großes Wissen. Lieber etwas hinschreiben, als eine Lücke lassen. Das war ihr Motto.

Nach insgesamt zweieinhalb Stunden legte sie ihren Kugelschreiber neben ihre Blätter und las sich alles nochmal konzentriert durch. Hier und da ein paar kleine Änderungen, doch insgesamt war sie glücklich. Eine 3 sollte es werden. Sie blickte sich vorsichtig um. Es waren bereits mehr als die Hälfte der Jugendlichen fertig und starrten vor sich auf den Tisch. „Noch eine Stunde. Wer abgeben möchte, der tut das jetzt und geht sofort nach draußen. Wer jetzt nicht abgibt, muss bis zum Ende sitzenbleiben." Natürlich packte Lena sofort ihre Sachen,

ordnete die einzelnen Seiten und legte sie
sorgfältig auf den Tisch zu den anderen
Papierbögen. Nur schnell raus und nach
Hause. Die nächsten Prüfungen standen
an.

25

Englisch und Mathematik liefen wie erwartet gut und Lena hatte keine Angst, dass etwas nicht geklappt haben könnte. So saß sie eine Woche später vor dem Lehrerzimmer und wartete auf Herrn Schwarz, der jedem Jugendlichen seine Ergebnisse persönlich verkündete. Vor ihr saßen noch drei Mädchen, alle aus der Hauptschulklasse. Lena konnte ihre Anspannung spüren und war froh, dass sie sich ihrer Sache sicher war. Ihr Plan für die Ferien stand. Keine Zweifel! Sie würde sich noch ein zweites Paar Fußballschuhe besorgen und neue Klamotten. Das Camp würde ein voller Erfolg werden. Vielleicht sogar mit neuen Freundinnen, die sie auch danach noch treffen könnte.

„Lena, kommst du bitte?" Sie schreckte auf und bemerkte, dass die Stühle neben ihr leer waren. In Gedanken versunken hatte sie gar nicht mitbekommen, dass die anderen Schülerinnen nach und nach aufgerufen worden waren. Herr Schwarz hielt ihr die Tür auf. „Setz dich bitte. Geht es dir gut?"

„Ja, alles in Ordnung. Ich bin jetzt doch etwas aufgeregt."

„Musst du nicht. Ich mache es kurz, du hast bestanden. Zwar nicht als Klassenbeste, aber mit einem guten Dreierschnitt. Mathe war wie erwartet eine 2 und in Deutsch und Englisch jeweils eine 3. Die Nebenfächer sind in Ordnung. Du warst einfach zu selten da. Das entscheidet sich aber erst nach dem endgültigen Notenschluss. Bei euch ist das ja etwas anders als bei den Hauptschülern. Bist du zufrieden?" Er schaute Lena eindringlich an. „Ja, und wie. Das war mein Ziel und das habe ich erreicht. Ich bin sehr stolz auf mich."

„Das kannst du auch sein. Hör zu, Lena. Ich weiß, dass du dich manchmal ungerecht behandelt fühlst, dass dich andere Jugendliche größtenteils mobben und dass du oft an dir zweifelst. In den letzten Wochen wurde das aber deutlich besser. Muss wohl an deinem Fußball liegen."

Er grinste, als Lena ihn erstaunt anschaute. „Also bitte. Das hat sich doch rumgesprochen. Ich weiß auch von dem kleinen Sportunfall mit dem Ball und deinen Klassenkameradinnen." Wieder huschte ein Lächeln über sein Gesicht. Lena bekam schwitzige Hände. Würde es jetzt doch Ärger geben? „Solche Dinge passieren eben beim Sport. Manchmal vielleicht auch verdient. So, und nun raus mit dir. Es warten noch einige Kids auf ihre Ergebnisse, und die sind nicht ganz so positiv wie bei dir." Er stand auf, schüttelte Lena die Hand und hielt ihr die Tür auf. „Wir sehen uns nächste Woche und nächstes Schuljahr wird dann euer Endspurt. Mach's gut, Lena."

„Tschüss, Herr Schwarz. Danke."

Lena zog die Tür hinter sich zu und lief den Gang entlang Richtung Ausgang. Sie realisierte langsam, dass nun alles so laufen würde, wie sie es geplant hatte. Und noch etwas kapierte sie. Das Lernen und die Anstrengungen der letzten Wochen hatten sich gelohnt. Sie hatte etwas geleistet und damit Erfolg gehabt. Wieder ein neues Gefühl, das man wohl Stolz nennen könnte. Pfeifend öffnete sie die große Eingangstür und atmete tief die frische, warme Luft ein. Der Schulhof war bereits leer, niemand war zu sehen oder zu hören. Lena lief zum, Parkplatz und erkannte das Auto ihrer Mutter. Zu ihrem Erstaunen saß noch eine zweite Person vorne, welche sie aufgrund der strahlenden Sonne nicht erkennen konnte. Noch bevor sie ihre Augen zusammenkneifen konnte, um den Unbekannten doch noch zu identifizieren, öffneten sich beide Türen völlig synchron und ihre Eltern standen vor ihr. Lena schaute in die erwartungsvollen Blicke der beiden. „Und?" Ihre Mutter hielt es nicht mehr aus. Lena schaute traurig zu Boden und zuckte nur mit den Achseln. „Na, komm schon. Ist doch nicht schlimm. Dann schaffst du nächstes Jahr eben deine Realschule." Ihr Vater wollte sich bereits umdrehen und sich wieder setzen. Lena bemerkte seine Enttäuschung, die er einfach nicht verbergen konnte. Sie wurde rot im Gesicht und prustete laut heraus. „Bestanden!

Ihr hättet eure Gesichter sehen sollen."
Sie lachte sich beinahe kaputt und
musste nach Luft schnappen. „Du kleine
Hexe." Ihre Mutter hatte zuerst die Fassung wiedererlangt und stürmte auf sie
zu. Ihr Vater langsam hinterher. Zwei Sekunden später lagen sie sich in den Armen. Lena merkte, wie ihre Mutter
weinte. „Ich habe so sehr gehofft. Schon
das gesamte Schuljahr. Ich hatte solche
Angst, dass etwas nicht klappt. Jetzt
hast du einen Schulabschluss und
kannst nächstes Jahr noch einen
obendrauf setzen." „Lena, ich bin stolz
auf dich. Du hast dir das Camp also verdient." Auch ihr Vater sah überglücklich
aus. „Los, ab ins Auto mit dir. Ich will
endlich nach Hause." Lena löste die Um-
armung und blickte ihn enttäuscht an.
„Ich dachte, wir gehen zusammen essen
und feiern meinen Erfolg." Traurig
schlenderte sie zur Hintertür des Autos.
„Tut mir leid, mein Schatz. Dafür haben
wir momentan kein Geld. Aber das holen
wir nach. Jetzt komm schon."
Sie stiegen ein und fuhren wortlos auf
die Straße. Lena starrte die vorbeirau-
schenden Bäume an und grübelte. *Nicht
mal ein Essen im Fastfood-Restaurant?*
Sie musste die Tränen unterdrücken.
*Egal, ich muss das verstehen. Sie haben
so viel für mich getan in der letzten Zeit.
In einem guten Jahr werde ich mein eigenes Geld verdienen und essen können,
wann und wo ich möchte. Ich werde*

nachher noch etwas Fußball spielen im Hof. Training ist wichtig, auch wenn gerade spielfrei ist. Sie schloss die Augen. Lange würde die Fahrt nicht dauern, da konnte sie wenigstens die paar Minuten entspannen.

„Aufwachen, Sonnenschein!" Noch bevor Lena die Augen öffnen konnte, spritzte ihr eine sprudelnde, süße Flüssigkeit ins Gesicht. *Maria, Tamara? Ist das die Rache?* Sie schreckte auf und starrte in die Öffnung einer Sektflasche, die ihr direkt vor den Augen hing. „Raus mit dir!" Lena konnte noch immer nicht begreifen, was da gerade mit ihr passierte. „Auf deinen Schulabschluss. Wir haben ja kein Training, und wann sollen wir dir sonst gratulieren?"

„Christina?"

„Ja, du Genie. Prost!" Ein weiterer Schwall Sekt schoss über ihren Kopf und lief ihr den Rücken hinunter. Ekelhaft! Der flüssige Schleier vor ihren Augen lüftete sich langsam. Sie befanden sich mitten im Innenhof des Mietshauses. Es standen drei Festzeltgarnituren nebeneinander mit Tischdecken und Kissen auf den Bänken. Neben einigen Getränkekisten stand ein Grill, der bereits angefeuert und reichlich mit Fleisch bestückt war. Es duftete herrlich. Um sie herum eine Traube aus Menschen, die sie alle kannte. Lena drehte sich. Ihre Eltern, Christina, Erika und fast die gesamte Fußballmannschaft. Sogar Frau Doktor

Wünsch stand mit einem freundlichen Lächeln etwas abseits und klatschte. „Was ist denn hier los?" Lena schaute fragend zu ihren Eltern. „Na, wieso sollen wir Essen gehen? Da kann man doch gar nicht richtig feiern." Ihr Vater kam aus dem Grinsen nicht mehr heraus. „Jetzt schau nicht so. Christina hatte vor ein paar Tagen bei uns angerufen und wir haben uns getroffen. Eine nette Mannschaft hast du da. Sie wollten dich überraschen und wir haben natürlich zugestimmt, dass sie ihre Mannschaftskasse etwas für dich plündern möchten."
„Was? Für mich?
Mannschaftskasse?" Lena verstand überhaupt nichts mehr. „Jetzt setz dich erstmal hin und wir erklären dir alles." Sie bekam eine Cola in die Hand gedrückt und wurde von ihren Kameradinnen zu einem der Tische begleitet. Tabea klopfte ihr lachend auf die Schulter. „Der Schulabschluss. Hatte ich letztes Jahr. Ein tolles Gefühl." Sie schwenkte ihren Kopf auffällig nach rechts an die Hauswand. Als Lena ihrem Blick folgte, sah sie in großen bunten Buchstaben aus Pappe „Glückwunsch zum Schulabschluss, Superstürmerin Lena". Sie war sprachlos und überglücklich. Mit zitternden Händen stieß sie mit allen Anwesenden an. „Auf dich, Lena. Ich freue mich für dich." Frau Doktor Wünsch reichte ihr die Hand entgegen. „Das wird aber nun wirklich unser letztes Treffen.

Ich hoffe, du brauchst mich gar nicht mehr. Ich würde mich aber freuen, wenn wir uns außerhalb der Praxis nochmal sehen. Spätestens zur nächsten Saison bin ich ab und zu mal auf dem Sportplatz. Mach's gut und feiere schön. Ich muss wieder zur Arbeit." Lena bekam kein Wort heraus und sah ihr nach, bis sie mit ihrem Auto aus der Einfahrt verschwunden war. „Tja, Lena. Da kommst du aus dem Nichts in unser Team und erlebst sofort die aufregendste Phase meiner gesamten Laufbahn. Unglaublich. Auch ich möchte dir gratulieren und freue mich auf unsere weitere Zusammenarbeit." Erika setzt sich neben sie und schaute erwartungsvoll zu Christina, die gemeinsam mit den anderen Mädchen im Hintergrund an etwas rumwerkelte.

Sie drehten sich um und kamen auf Lena zu. Julia hatte die Hände hinter dem Rücken. Christina lächelte. „Ich habe mit deinen Eltern telefoniert und wir haben das hier alle zusammen ausgeheckt. Natürlich haben sie geplant, mit dir essen zu gehen, doch das wollten wir auch. Dazu möchten wir aber auch etwas feiern und Spaß haben. Also hat dein Papa euren Vermieter angerufen, der natürlich nichts dagegen hatte, dass wir hier ein bisschen laut sind." Die sind doch verrückt. Wieder übermannte ein neues Gefühl Lena. Ihr wurde leicht schwindelig. Aber nicht so negativ wie sonst. Eher wie auf Wolken. Das nennt sich dann wohl Glücklichsein. „Also haben wir unsere Mannschaftskasse erneut angezapft. Keine Angst, es ist noch genug drin." Alle lachten. „Der Abend hier geht auf uns. Durch unsere ganzen Kontakte war das ein Kinderspiel. Außerdem haben wir gehört, dass du dir für das Camp und die kommende Saison ein zweites Paar neue Fußballschuhe kaufen möchtest." Lena traute ihren Ohren nicht. Was hatte sie da eben gesagt? Christina schaute rüber zu Julia und nickte. Diese holte einen kleinen Karton hervor, der mit buntem Geschenkpapier eingepackt war. „Es sind zwar nicht solche krassen Modelle, wie die, die dir deine Eltern geschenkt haben, aber ein zweites Paar Schuhe benötigt jeder Profi." Mit zitternden Händen öffnete Lena die Schleife und packte langsam die neuen Schuhe aus. Schwarz, weiß und nagelneu glänzend. Wie im Fernsehen. „Los, anziehen!" Erika wedelte ungeduldig mit den Händen. „Und wehe, du triffst damit nicht. Dann musst du sie doch zahlen." Lachend zogen Christina und Tabea ihr jeweils einen Schuh aus und Lena schlüpfte in die neuen Treter. Sie passten wie angegossen. Noch bevor sie wieder in Tränen ausbrechen konnte, lagen sich alle in den Armen und genossen den Abend mit reichlich Bratwurst und Getränken. Irgendwann nach Mitternacht fiel Lena wie ein Stein ins Bett und schlief nach wenigen Sekunden ein. Erst der Wecker ließ sie am nächsten Morgen aufschrecken.

26

Lena atmete tief durch. Es war geschafft. Ihr Blick wanderte erneut zur großen, runden Uhr, die wie ein Gemälde an der Wand hing und stets von allen Kindern ehrfürchtig angestarrt wurde. Natürlich brachte das nichts. Die Zeit verging nicht schneller, eher langsamer. Trotzdem konnte man es nicht verhindern, dass die Augen permanent zu den Zeigern schweiften und sie verfolgten.

Der letzte Schultag. Die Erlösung. Das Ende aller Qualen ... zumindest für sechs Wochen. Lena war zufrieden. Sie hatte ihren Hauptschulabschluss mit einem guten Dreierschnitt geschafft und konnte beruhigt ins letzte Schuljahr starten. Vorher standen allerdings noch das Fußballcamp und der Beginn des Trainings direkt im Anschluss an. Der allererste Spieltag fiel dann auf das erste Wochenende nach dem Schulstart. So hatte Lena noch genügend Zeit, zu trainieren und besser zu werden.

„... und so möchte ich euch alles Gute und schöne Ferien wünschen. Ihr habt euch tapfer durchgekämpft und steht nun bald vor eurem letzten Jahr bei uns. Irgendwie werde ich euch vermissen, auch wenn das sicherlich ein einseitiges Gefühl ist." Herr Schwarz hielt wieder einmal seine wehmütige Rede wie vor allen Sommerferien. „Vielleicht findet ihr die Zeit, auch mal was zu Lernen.

Material habt ihr genug bekommen." Die Klasse stöhnte. Welcher Lehrer gab schon Hausaufgaben für die Sommerferien auf. Total krank! „Ich weiß, ich weiß. Es wird eh niemand machen. Ich bin ja nicht blöd." Er lachte kurz und wurde dann wieder ernst. „Es gibt da noch eine Nachricht, die euch sicherlich sehr traurig machen wird. Aber das sollen Maria und Tamara euch selbst erklären." Nun wurde Lena hellhörig. Maria räusperte sich, schaute kurz zu Tamara und begann dann zu sprechen. „Wie ihr sicherlich wisst, arbeitet mein Vater in einer großen Firma als Vorstand. Nun wurde er an den anderen Teil der Stadt versetzt, da dort eine neue Filiale eröffnet wird. Ich habe also heute meinen letzten Tag hier." Lena durchfuhr es wie ein Blitz. Was hatte Maria da eben gesagt? Sie ahnte nicht, dass es gleich noch besser werden würde. „Ich nutze daher die Gelegenheit, ans Gymnasium zu gehen, das dort in der Nähe ist. Zum Glück kommen meine besten Freunde Tamara, Jonas und Tobi mit. Die wohnen eh in der Mitte der Stadt, haben ganz gute Noten und wollen mich begleiten." Lenas Magen spielte verrückt. War das eine göttliche Fügung? Schicksal? Egal, was es war. Ihre Peiniger, ja, die Peiniger vieler Kinder, würden einfach so das Feld räumen? Ihr Jagdgebiet aufgeben und eine neue Schreckensherrschaft aufbauen? Das musste Lena nicht mehr interessieren. Sie tobte innerlich vor Freude, ließ sich aber nichts anmerken.

„Das ist natürlich sehr schade, aber ich kann es verstehen. Ihr zieht um und dann wäre der Weg zu weit. Es ist aber schön, dass dich deine Freunde begleiten. Eine gute Freundschaft ist viel wert. Ich drücke euch die Daumen." Herr Schwarz schien nicht sonderlich traurig, spielte seine Rolle aber brillant. Er war kein Idiot. Natürlich beschwerte er sich nicht über die beiden Mädels. Sie waren in seinem Unterricht immer nett, arbeiteten gut mit und störten nicht. Andererseits bekam er aber bestimmt mit, wie sie teilweise mit ihren Mitschülern umgingen. Es gab mutigere Jugendliche als Lena, die sich auch mal bei ihm ausweinten. Er konnte aber nichts tun. Das Mobbing war perfide, nicht offensichtlich.

„Keine Sorge, Herr Schwarz. Ich habe nur die Angst, dass wir einen Lehrer bekommen, der nicht so nett ist wie Sie." Sie klimperte mit ihren langen Wimpern. Lena wurde schlecht. Sie hasste das.

„Für euch, liebe Mitschüler, haben wir natürlich auch was dabei. Für jeden von euch. Wirklich für jeden." Lena schauderte es. Irgendwie fühlte sie sich angesprochen. Sie wagte es jedoch nicht, sich umzudrehen, und zog den Kopf unbewusst ein bisschen ein. Sie hatte seit dem Vorfall mit Christina und dem Fußballwettbewerb Ruhe gehabt. Außer bitterböser Blicke hatte sie nichts zu befürchten gehabt. Sie wurde gemieden, einsam wie immer. Abgeschoben bei den Nerds in der Ecke des Schulhofes. Toll! Lena war sehr glücklich damit. Jetzt wurde ihr kalt und Schweiß rann ihr langsam den Rücken hinunter. Für jeden? Sie hörte es hinter sich rascheln. „Hier, wir verteilen noch etwas." Sie hörte Schritte und sah, wie die beiden Mädels mit einer riesigen Tüte durch die Reihen gingen. Jeder bekam einen großen Muffin mit vielen bunten Toppings. Auch vor Lena wurde einer der winzigen Kuchen platziert. Gewürdigt wurde sie mit keinem Blick. Noch bevor die Mädels die vordere Reihe erreicht hatten, begannen die ersten reinzuhauen, als wäre es die letzte Mahlzeit ihres Lebens.

„Vielen Dank. Das sieht aber lecker aus. Bekomme ich auch eins?" Mit einem dämlichen Grinsen streckte Herr Schwarz die Hand aus. „Natürlich. Hier, bitte." Er bekam das größte und schönste überreicht und stopfte es sich sofort in seinen weit aufgerissenen Mund. „Mmmhhh, lecker. Habt ihr das selbst gemacht?" Maria lächelte und nickte, während ihr Lehrer den Muffin mit einem weiteren Bissen verschlang. Dabei schmatzte er glücklich.

„Für unsere besten Freunde haben wir nach dem Unterricht noch eine besondere Überraschung. Freut euch drauf." Marias falsches Lächeln und ihr kalter Blick bohrten sich in Lenas Augen wie eine spitze Nadel. Ihr wurde übel. Den Kuchen ließ sie stehen. Was sollte das? War sie damit gemeint? Bestimmt nicht. Es war wochenlang nichts passiert. Wieso heute? Was hätten sie davon? Sie entspannte sich wieder etwas und lehnte sich zurück. Zwischen dem Schmatzen und Grunzen ihrer Mitschüler ertönte der Gong und verkündete das Ende des Schuljahres. „So, Kinder. Stühle hochstellen, nehmt euren Müll mit raus und ab in die Ferien. Auf Wiedersehen."

27

Das war Lenas Stichwort. Schnell stopfte sie ihr Mäppchen und ihren Ordner in den Rucksack. Dieser war zum Bersten voll. Der Fußball nahm fast den gesamten Raum ein. Ihren zusätzlichen „Bauchrucksack" hatte sie auf die Schnelle nicht gefunden. Kaum hatte sie einen Schritt aus dem Klassenzimmer gewagt, wurde sie von einer Welle von Schülern mitgerissen. Oben, unten, links, rechts, überall waren Beine und Hände. Lena roch Schweiß und billiges Parfum. Eine abartige, leider sehr bekannte Mischung. Rucksäcke krachten an ihr Kinn, von hinten trafen sie gleichmäßige Stöße in den Rücken. Verwundert war sie nicht, nur hatte sie vergessen, wie es war, wenn die gesamte Schule zeitgleich den Unterricht beendete und jeder nur noch raus wollte. Die Tasche ihres Vordermannes drückte ihr fest in den Magen, sie spürte ihre Blase, die bis zum Anschlag gefüllt war. Wenige Meter vor sich sah sie die rettenden Türen mit dem roten Mädchen und dem blauen Jungen darauf. *Schnell nochmal auf die Toilette, dann ab nach Hause. Vielleicht ist der Strom dann etwas versiegt.*
Obwohl es Freitag war, wollte sie heute mal wieder den Heimweg zu Fuß antreten. Sie war nun immer unbehelligt geblieben und übte fleißig mit dem Ball.

Blamieren wollte sie sich schließlich nicht im Camp. Vielleicht war so ein kleiner Zwischenstopp ganz gut. Dann waren die Busse weg, die Wege etwas leerer. Auch die Elterntaxis waren bestimmt schon größtenteils verschwunden.

Lena streckte den rechten Arm aus und zog sich aus der Masse zur Toilettentür. Zu ihrer großen Erleichterung war sie ganz alleine. Jeder wollte nach Hause, den besten Platz im Bus sichern oder einfach nicht im Stau stehen, den die Eltern am Ausgang des Parkplatzes verursachten.

Sie stellte ihren Rucksack neben die Tür und betrat die kleine Kabine. Weiße Fliesen, das WC selbst schon etwas gelblich. Gelder waren für eine solche Sanierung einfach nicht vorhanden. Es interessierte wohl auch niemanden. Lena drehte sich und hockte sich hin, ohne den Sitz zu berühren. Ein alter Trick, als Mädchen unerlässlich. Wer wusste schon, wer vorher auf der Schüssel gesessen hatte? Wann sie das letzte Mal gereinigt worden war. Wahrscheinlich nie. Egal! Hose hoch, Spülung betätigen und raus. Lena verließ die Kabine und wollte nach dem Rucksack greifen, doch ihre Hand fasste ins Leere.

„Suchst du was?" Die Stimme traf sie völlig unerwartet. „Hast du was verloren?" Eine andere Stimme. Lena konnte nichts sehen. Der kurze Gang machte vor der Toilettentür nochmal einen Knick zu den

226

Waschbecken. Es waren zwei Mädchen-
stimmen, und Lena konnte sich denken,
wer das war. „Wo ist denn dein Fußball?"
Diesmal eine männliche Stimme. Dazu
das ekelhafte Lachen eines weiteren
Jungen. Lena blieb stehen, rührte sich
nicht. Sie hörte leise Schritte, und nach
und nach schoben sich Maria, Tamara,
Jonas und Tobi vor sie. „Na, freust du
dich auf dein persönliches Abschiedsge-
schenk?" Maria grinste widerlich. „Du
musstest so lange darauf warten, das tut
uns leid. Doch jetzt verlassen wir die
Schule, ich ziehe sogar weg und deine
große, hässliche Freundin wird sich an
unserer neuen Schule nicht blicken lassen. Die kriegen wir aber sicherlich auch
noch, verlass dich drauf."
Lena wandte ihren Blick ab und erblickte
ihren Fußball, der sich auf Tobis Zeige-
finger drehte. Neben ihm holte Tamara
etwas aus ihrer Tasche und Lena starrte
schockiert auf das Messer in ihrer Hand,
welches sie langsam zwischen den Fingern kreisen ließ. Dann ging es schnell.
Lena hatte keine Chance zu reagieren,
selbst wenn sie gewollt hätte. Maria und
Jonas packten sie und drückten sie auf
den Boden. Sie spürte die kalten, harten
Fliesen an ihrem Bauch. Direkt neben
ihrem Kopf klatschte der Ball laut und
hart auf. Es dröhnte ihr in den Ohren.
Sie spürte einen Fuß auf ihrem Rücken,
der sie erbarmungslos nach unten
drückte. Lena hielt still, bewegte sich

keinen Zentimeter. Es hätte auch nichts gebracht.

„Hast du wirklich geglaubt, wir lassen uns das gefallen? Von einer armen, gammeligen Tussi wie dir? Wie blöd bist du eigentlich? Hier hast du erstmal noch deinen Muffin, den du vorhin nicht essen wolltest. Frisch aus dem Mülleimer." Kaum war das letzte Wort gesprochen, spürte Lena einen Schlag am Hinterkopf. Nicht fest, aber trotzdem knallte sie leicht mit dem Kinn auf den Boden. Es schmerzte kurz. Sie merkte, wie etwas Kaltes über ihre Ohren lief. Vor ihren Augen bildete sich eine kleine weiße Pfütze. „Den Muffin kannst du mit nach Hause nehmen, und weil du so verdammt arm bist, haben wir dir sogar Sahne gratis besorgt." Alle vier lachten. Der Ball lag immer noch direkt neben Lenas Ohr. „Und hier hast du ein weiteres Andenken, damit sowas wie damals im Park nie wieder passiert." Über Lena blitzte es kurz auf, sie sah aus dem Augenwinkel das Messer niedersausen. Reflexartig schloss sie die Augen und hielt den Atem an. Sie würden sie doch nicht umbringen. Ein harter Luftzug traf ihre Wange, gefolgt von einem lauten Zischen. Erneutes Lachen prallte in ihre Ohren. „Versuch jetzt mal, einem von uns ins Gesicht zu schießen, du Versagerin."

Lena rannen Tränen über das Gesicht. Ihr Fußball, für den sie viel Geld ausgegeben hatte, tat seinen letzten Atemzug.

Übrig blieb nur noch ein kleiner Haufen Leder, der an einen Kuhfladen erinnerte. „Nein, bitte nicht. Ihr fiesen Typen!" Was jetzt passierte, war ein Reflex, eine Aktion ohne jegliche Planung und Vernunft. Lena holte aus und schlug nach den Beinen, die direkt neben ihr standen. Sie spürte einen Widerstand und ein lautes „Aua!" Das war Tobi, den sie erwischt hatte. Er hüpfte zur Seite und fluchte aufgeregt.

Sie wurde auf die Füße gerissen und Tamara drückte ihren Ellbogen gegen Lenas Brust. Sie konnte ihren Atem spüren. „Ganz schön mutig. Hast wohl beim Fußballspielen ordentlich Selbstvertrauen getankt. Bringt dir leider nichts mehr. Du wirst uns nie wieder sehen. Darüber kannst du dich freuen."

Maria trat neben sie. „Denk immer daran, wo du herkommst, bevor du dich mit den Falschen anlegst. Solche Verlierer wie du haben niemals eine Chance, also verzieh dich gefälligst." Jonas packte Lena am Kragen und schleuderte sie wie einen alten Müllsack aus der Toilettentür auf den Gang. Dieser war inzwischen leer. Lena lag völlig bewegungslos und wartete ab. Aus der Tür kam ihr Rucksack geflogen und landete direkt neben ihrem Kopf. Einen Augenblick später fiel ihr der platte Ball ins Gesicht. „Viel Spaß auf dem Heimweg und immer fleißig üben." Wieder lachten die vier Jugendlichen und liefen an Lena vorbei,

ohne sie nochmals eines Blickes zu wür-
digen.

Als die Tür ins Schloss fiel, rappelte Lena
sich auf, stopfte den Ball in ihren Rucksack und lief langsam den Gang entlang
Richtung Ausgang. Ihr schmerzten die
Rippen und die Brust. Einen klaren Gedanken konnte sie nicht fassen, nur
noch raus hier! Die frische Luft traf sie
wohltuend im Gesicht und ließ sie erstmal durchatmen. Sie fasste an ihren
Hinterkopf und spürte den klebrigen Teig
zwischen ihren Fingern. Abartig! Die wenigen Kinder, die noch auf dem Schulhof
standen, sahen sie beinahe mitleidig an.
Ob sie Hilfe brauchte, fragte natürlich
niemand. Wie immer. Lena riss sich zusammen und verließ das Schulgelände.
Als die Schmerzen weniger wurden und
sie auf den unebenen Weg im Park ein-
bog, verschnaufte sie kurz. *Wahrscheinlich würden diese Mobber immer gewinnen.* Kann man was dagegen machen?
Wahrscheinlich schon, aber dieses Rezept hatte Lena noch nicht gefunden.
Würde es etwas bringen, umzukehren,
Herrn Schwarz zu suchen und zu pet-
zen? Nein, auch nicht. Bei Mama weinen,
Christina benachrichtigen? Alles wir-
kungslos. *Ich hätte früher reagieren müssen. Mich nicht so lange fertig machen lassen. Mitschülerinnen ansprechen, denen
es genauso ging. Das Gespräch mit dem
Vertrauenslehrer suchen. Meine Eltern in-
formieren müssen.* Lena schüttelte den

Kopf und lief weiter. Genau das hätte sie tun sollen, sich Hilfe holen. Die Gedanken rasten nur so durch ihren Kopf. Plötzlich blieb sie stehen und reckte die Arme nach oben, fing an zu lachen und drehte sich. Es war vorbei! Sie würde die vier Komplizen niemals mehr wiedersehen! Sie hatte es überstanden. Stolz war Lena nicht, sie hatte es einfach nur ausgesessen. Nichts unternommen. Ein riesiger Fehler. Dennoch war sie nun befreit. Das kleine Aufbegehren in der Schultoilette gab ihr Mut, auch wenn es letztendlich nichts gebracht hatte. Aber es war ein Anfang, eine klare Steigerung zu den Situationen zuvor. Vielleicht hätte sie sich früher schon wehren sollen.

Lena öffnete ihren Rucksack und das platte Etwas, was vor kurzem noch ihr geliebter Fußball gewesen war, klatschte neben ihren Füßen auf den Boden. Leicht trat sie dagegen. Es hüpfte ein paar Zentimeter nach vorne und blieb dann wieder regungslos liegen. „Das ist ja ein toller Fußball. Darf ich mitspielen?" Noch bevor Lena antworten konnte, rannte Christina an ihr vorbei und dribbelte übertrieben professionell um sie herum. „Los, mach mit. Lauf, du faules Huhn. Pass." Lena verbannte die bösen Gedanken der letzten Jahre aus ihrem Kopf und sprintete dem platten Kuhfladen hinterher, den Christina den Weg entlang geschossen hatte. Schon stand sie neben ihr. „Und, wie war dein Tag? Ist irgendetwas passiert, um das ich mich kümmern müsste? Und was hast du eigentlich in den Haaren?" Sie grinste. „Nein, es ist alles in bester Ordnung. In meinen Haaren ist nichts." Arm in Arm schlenderten sie den Waldweg hinunter und schoben sich den kaputten Ball abwechselnd zu. Wie zwei beste Freundinnen.

Nachwort

Liebe Leserinnen und Leser, das war es nun. Lenas Geschichte. Vieles war erfunden, einige Vorkommnisse habe ich aber tatsächlich so erlebt. Es ist immer einfach, wegzuschauen oder alles zu ertragen. Manchmal sieht man keinen Ausweg aus seiner festgefahrenen Lebenswelt. Eltern hören nicht zu, die Schule ist langweilig, die Lehrerinnen und Lehrer nerven und sowieso möchte jedes Kind und jeder Jugendliche in der Schule nur Schlechtes von einem. Man hat kein Geld, um mit anderen mitzuhalten, nicht das neueste Handy, keine Schuhe für 200 Euro oder ein Fahrrad, das so teuer ist wie einige Autos. Geht in euch! Wen interessiert das? Wer braucht diese Dinge, um glücklich zu sein? Doch nur die, die keine anderen Freuden haben. Besinnt euch auf die wichtigen Dinge im Leben. Freunde, Familie, Hobbys, Schule, Ausbildung und Beruf. Ihr wollt euch teure Dinge kaufen? Dann arbeitet darauf hin! Jeder kann etwas im Leben erreichen. Man muss es nur wollen. Zu große Hindernisse gibt es nicht, und wenn ja, dann wachst an ihnen. Überwindet sie. Wer soll euch aufhalten, wenn ihr euren Weg mit Selbstbewusstsein und eisernem Willen fortsetzt? Es gibt niemanden, und vor allem möchten die wenigsten Menschen euch etwas Böses. Schon gar nicht eure Eltern oder eure Lehrer, die sich jeden Tag die größte

Mühe geben, euch etwas beizubringen. Vertraut euch ihnen an, wenn euch etwas bedrückt. Man muss sich nicht allein aus dem Sumpf wühlen, wenn man Hilfe bekommen kann. Das ist kein Zeichen von Schwäche, sondern von Stärke. Hilfe anzunehmen, erfordert mehr Kraft, als sich ihr zu verweigern. Allein ist der Mensch nichts! Denkt immer daran.

Nehmt Lena als Beispiel. Sie hatte oft die Chance, etwas zu verändern. Sie hat tolle Eltern und engagierte Lehrerinnen und Lehrer. Dass es für Lena so schnell ging, war natürlich Absicht. Ich wollte euch zeigen, wie einfach es sein kann, aus seinem bisherigen Leben auszubrechen. Die Augen zu öffnen und den eingeschlagenen Weg zu verlassen.

Es gibt in eurem Leben nur ein einziges Hindernis und das ist das größte und härteste, was es geben kann. Ihr selbst!

Und wenn ihr wirklich das Gefühl haben solltet, dass euch niemand zuhört, dann macht euch selbst schlau, werdet aktiv! Im Internet gibt es zahlreiche Hilfen für Jugendliche, die kostenlos und anonym sind. Niemand muss sich seinen Problemen allein stellen. Warum auch? Streckt einfach die Hand aus!

... und wer weiß, vielleicht geht Lenas Abenteuer ja bald weiter. Es gäbe noch genug Dinge zu erzählen ...